阿玉

陈丹燕 著

山東文藝出版社

果麦文化 出品

现在大概不会再有人像阿玉这样照相了，这样正式、严肃，以及认真。这是阿玉四十岁时的照片，一张宁静和单纯的脸。

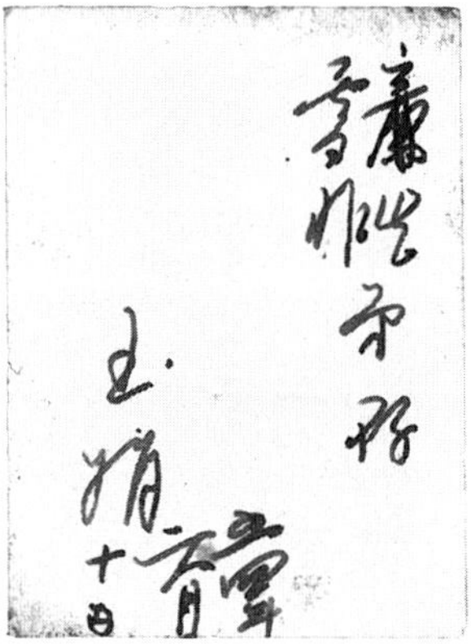

阿玉只认识几百个字，她的字迹幼稚笨拙。不知是谁帮她在这张照片后写了题赠，这样郑重其事的题赠。

目录

引子

人生是奇妙的。

在我经历了整整二十年的长途旅行后，才等到一个回故乡去看看的机会。一个人从桌子对面的大片树荫里抬起眼睛，说“我帮助你回广西”，那时我们正在谈论北极，我才从北极的斯瓦尔巴德群岛回来，北纬 78 度。而我的家乡广西平乐，则在北回归线的附近，北纬 23 度，遥远的距离。

要是没有去平乐，我不认为自己会将父亲称为莲生，将姑妈称为阿玉。我出生时，他们已是中年人。从平乐归来，他们在我心中成长为一个完整的人，也有自己的童年、自己的少年、自己隐现在漫长人生中的爱与怕、自己对信仰的追求与依赖。

这是我的成长。莲生用他的回忆录指引，而阿玉则是用她最后的生命，让我理解什么是人生的必要之物。

陈丹燕

第一章

要是没有莲生的回忆录，我想我不会来到平乐。我们这些孩子都鼓励莲生写下回忆录，在他写的第一章里，我看到了阿玉。但我们却没鼓励和帮助阿玉，回忆自己的一生。

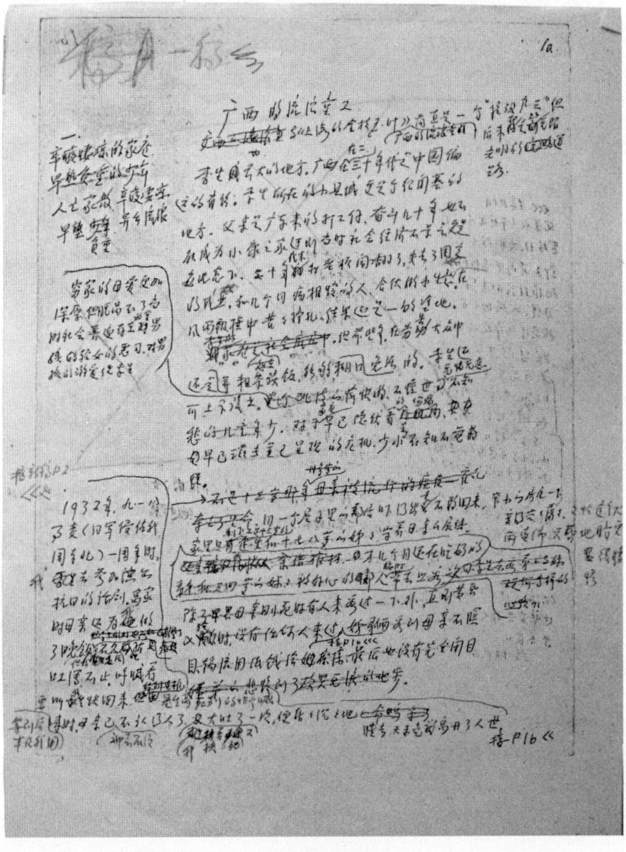

莲生回忆录草稿。

这是广西的平乐，是距离北回归线二三百公里的亚热带偏远县城，我的故乡。

我正站在我父亲莲生回忆录中提到过的集市上，现在它仍是热闹的。和所有中国小县城的商业街一样，街上花花绿绿的，所有店铺都敞开着大门。塑料小风扇在渗出一层淡淡白色糖霜的柿饼上方哗哗地扇动着，驱赶苍蝇。香烛店门口堆着大串的锡箔和粗壮的红色蜡烛，那些都是清明上坟时用的东西。那家店铺有个我闻所未闻的店名——檀香，而且是按照古代汉语的习惯，从右至左排列着的，很容易读错。

十二岁的莲生就是在这里宣讲抗日的吧。

我忍不住要特别留意街上十二岁左右的少年。

我看见一个面容白皙的少年，长脸，相貌非常端正，他身上有某些东西轻轻散发出来，像树叶子散发出树汁的气味那样。那是一种在上海少年身上难以见到的文雅，一种古旧的、不自觉的文雅，让我想到乡野中普通的竹子。莲生身上也仍旧留有这种古旧的文雅——一般身处偏远古老县城的读书人才能葆有的礼义廉耻之气，清澈而背时。

看那少年缓缓经过了一处廊柱，又经过一户敞开着大门的人家，那家堂屋墙上贴着红纸写着“天地君亲师牌位”。南方人家，早上起来的第一炷香，总是用来敬天、敬地、敬君主、敬祖先、敬师长。原来，莲生故乡的人们至今还坚持着这样古老的价值观。

这些寂静的景象，似乎与商铺里播放的不知名的流行歌曲并行，却又隔离着。

看那少年，虽然白皙细长，但也已血脉充盈。青春的身体开始发育了吧，南方的少年总是发育得早一些，因为南方的太阳很炽烈。多年前，莲生就是这样走在这条街上。莲生的身体很健康，正在生成无数的精子，多年以后，将会有一颗是他为我的出生准备的。我是莲生最小的孩子。我童年的记忆里，莲生从来都是个腹部隆起、皮肤白皙光滑的中年人。现在，他是个喜欢盆浴的老年人，身上纵横着成千上万道皱纹和淡褐色的老年斑。这渥热的南方小镇让我意识到，他也曾是个少年，身体细长、灵活，脚趾微微分开，紧紧抓住凉鞋鞋底。多年前，莲生的身体也在这温热阳光中，像一只水果那样暖洋洋地成熟起来，为我的出生做好准备。

我在太阳下看着自己的手，它也被暖洋洋地照耀着，这双手是我的，但它们的血脉来自这条陌生的街道。老旧的木头房屋，褪色的绿色油漆在木墙上留下毫无光泽的浅绿色，“泰和行”三个周正的汉字从褪色的木板上显现出来，好像风中烛火那样飘摇隐现。这家广东杂货铺的五间屋子之外，就是莲生出生的房子。浮白的阳光与我的双手呈现出一些陌生，甚至神秘的东西。在皮肤下流过的血液里，也有某种我从未意识到的东西，此刻像水中缺氧的鱼那样，突然跃跃不已。

这是什么？

莲生十二岁时，我母亲在东北一个小市镇上生活，她两岁时剪着童花头，拿一只小碗，在小河里舀水玩。我看过她的那张照片。莲生二十八岁，在东北做地下党时遇到母亲，她那时是十六岁的女学生，跟着姐姐、姐夫从家里跑出来参加革命。他们在东北结婚。这是个天南地北的姻缘。

那个少年正沉默而轻松地经过水果铺，我在那里见到淡黄色的沙田柚——莲生家乡的特产，我最喜爱的水果之一。它们被堆放成宝塔状。多年来，我吃它的果肉，将它的皮放在门厅的衣柜里，吸掉外套上的气味。小时候，我在它白色粗糙的果核上画小孩的脸，它是我的玩具之一。

我被南方昏黄而渥热的阳光晃了眼睛，恍惚中那个少年就是莲生。他转向江边的街道，那是平乐最古老的中心地带，名为大街。拐角处，古老的白墙上霉渍斑驳，好像水墨画。

平乐大街上的旧屋。

莲生在他回忆录里提到的黑暗的街道和老旧的木头房屋，就是这里，八十年过去了，它们仍旧伫立在街道两侧。

2010 年 3 月的最后一个星期，这里的下午一团寂静、停滞、安适。阳光嗡嗡细语，那是南方式的颓废，还有莲生记忆中的那个词：衰败。街上的一切都还在原地，泰和行还在卖杂货。莲生出生的房子楼上，还半开着两扇古老的花窗，粤东会馆门前的狮子还是长着南方的脸相。

莲生要是当时不参加夜呼队，没有如此积极地参加抗日活动，也许他身上那种古旧的文雅之气会引导他成为一个小学教员，一个账房先生，或是一个地方小报的编辑。

那个少年轻快地走着。这个平乐少年，他将来还会为一个信仰而离家万里吗？

2010 年我前往平乐时，莲生已经九十一岁。他 1945 年随两广大队离开延安。最初两广大队的目的是南下建立南方抗日根据地，牵制百万敌军。在长途行军的过程中，日本投降了，他们这支部队转而去了东北。莲生在万里行军中将膝盖软骨磨损殆尽，到老年时几乎无法站立。

他在回忆录里写过这次历时半年的行军：

行军艰苦而紧张。我们常常为躲开敌人而整夜急行军，或者头一天下午出发，接连一个黑夜再一个白天，昼夜不停。那时条件简陋，连一个水壶也没有，行军途中渴了，就在路边的沟里舀一碗浑水，滴一滴随身带的碘酒就喝。有时情况突然变化，命令一下，哪怕是刚端起饭碗，没吃完饭，也得撂下碗，饿着肚子走。我在那时，能五分钟吃饱一顿饭。

后来到使馆工作时，需要讲究外交礼仪，花了好长时间，我才把自己吃饭的速度降下来。

从延安出来的时候，我还带了一些书。在行军途中，看完一页，撕去一页，以减轻重量，这是大家那时通常的读书方法。我在照相馆做童工时，得了风湿性关节炎，这样连续每天百余里的行军，要比别人多费许多力气。艰难的时候，自己就在心里默念着“坚持一下，再坚持一下”，居然也走下来了，想起来真有成就感。

我的战友、同乡、西公（西北公学）同学钟光（广西大学学生）因为过度疲劳诱发心脏病，卫生员以为是感冒，让他骑毛驴随队行进。等拖到了太岳根据地医院，医生大发脾气，责问心脏病这么严重，为什么不睡担架。仅凭那时卫生员的医务水平根本不可能做出正确的诊断。钟光到医院后不到一个月就去世了。

在赶往东北的路上，头顶上是美国替国民党运兵的飞机，我们则是凭两条腿。他们快，我们慢，但他们人少，我们人多。我们一路强行军，每天最少走九十里，多时能走一百三十里。一个月走了几千里，好不容易差几十里就要到山海关，以为不用再辛苦两条腿，可以乘上火车了，未料到突然接到上级指示，要我们往回走，翻越长城去热河。

政局与战局就像一盘棋，我们这些棋子要按棋局的需要不断移动。

直到多年后，中共战争时期的档案陆续揭秘，莲生才了解到，当年他和他的战友们走了整整半年，只是中共迷惑蒋介石的一种方式。

八十五岁时，莲生开始为我们几个孩子写回忆录，或者说，是我们怂恿他写。他从那时开始就长住医院，生活充满局限。他年轻时代做过多年情报工作，从东北到广州，以及后来的东南亚。他做过的工作大多至今未能揭秘，我们这些孩子，甚至我们的母亲都不知道他到底做过什么。而他写的回忆录，即使语焉不详，也不能公开。怂恿他这样戴着镣铐跳舞般地写回忆录，我们不过是想让他由此找到打发漫漫老年时光的兴致。

莲生对日常生活毫无兴趣，唯独喜欢旅游和游泳，但自从坐上了轮椅，两者皆废。于是，他终日握着一支红蓝铅笔阅读。他的回忆录断断续续写了六年，得六万字。

平乐对我来说，一直只是户籍上的一个地名。莲生总是淡淡地说，家乡已经没人了，中华人民共和国成立后，他将爷爷和姑妈接来我家一起住，好像已将自己连根拔起。

他本姓李，去延安后，怕连累家里，遂改姓陈。后来因为他的工作很特殊，不能再叫莲生，于是用了不少化名，后来索性就叫自己“化名”，不过用的是谐音，化明。有一个阶段，他的同事叫他华明，取的是中华光明之意。他的孩子也都跟着姓了陈，直到 1978 年长孙出世，他的第三代才姓回了李。但这个孩子姓李有时会不太方便。每次到升学和报户口这样的重要关口，他都被要求解释自己是否被过继，是否被领养。人们难以理解为什么户口本上的一家人都姓陈，独独这个小孩姓李。

对我们大家来说，姓李已有些不适应。

整整二十年前，也是在4月，我开始了国际旅行。自从去日本看樱花的旅行之后，我在亚洲、欧洲和美洲旅行了二十年，去过许多地理上完全陌生但文化上熟悉而又陌生的城市，然而，却从未计划过要回莲生的家乡去看一看。我想莲生从未表现出对平乐的归属感，也是平乐总是在我旅行计划之外的一个原因吧。2010年是个歌舞升平的年份，生活在富裕和平时代的人们开始对自己的家谱产生兴趣，我的许多朋友都陪着年迈的父母返乡，但我家从未做过这样的旅行计划。

要是没有莲生的回忆录，我想我不会来到平乐。这里的亚热带阳光热烈而朦胧地照耀着一切，阳光散发着一种令人昏昏欲睡的热力，照在身上，好像安眠药渐渐在体内产生作用。我看见临街木屋的门槛边，有个容长脸儿的中年女人，穿了浅蓝色的褂子，左脚安适地搭在右脚上，向后轻轻靠在木门口，她正在做针线活。当然，她不是莲生的母亲。他的母亲，我应该叫她奶奶，但我从未有机会这样叫过一个妇人。

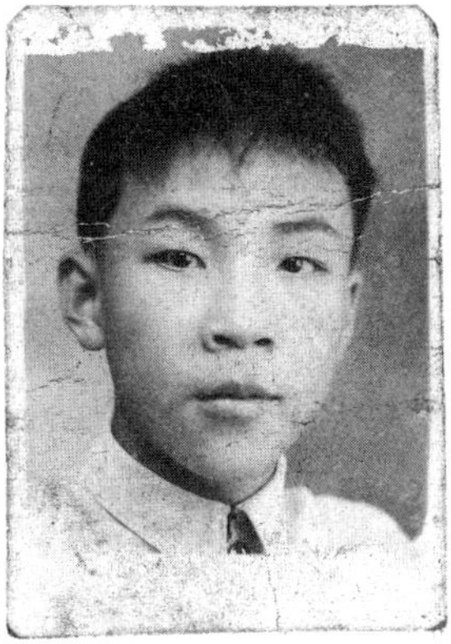

莲生在桂林中学的报名照。

我对故乡记忆最深的就是漓江，江水浩荡，过往船只络绎不绝。我常和小伙伴背着母亲到江中戏水，倒也练出一点游泳的本领。从（二十世纪）三十年代离开平乐，到九十年代再回故里，看到江水行将枯竭，已不能行船，很觉失落。

一九一九年九月，我出生在广西平乐府一个贫穷的家庭。其实所谓平乐府，在当时不过是一个贫穷衰败的小县城，只因为管辖了几个更小的县，故称平乐府。父亲生在广东肇庆的高要区，那是个富饶的鱼米之乡，但我的父亲却因为家境贫寒而辍学，少年时在西江两岸的穷乡僻壤漂泊不定，后来才在广西平乐定居。他为人本分诚实，自学练就一手好字，在同乡老板开的大店里做了“先生”，兼管零售杂务。奋斗了十几年，只建成勉强温饱的家。在平乐县城，广东高明区和高要区的人很多，建有广东会馆和要明会馆，与同乡进行联络。这里的广东人因为见多识广大都有些优越感，我年纪虽小，也被熏染了这种习气。父母能送我上学，直到初中，家中粗茶淡饭还能糊口，这在当时当地已经算是很不错了。加上母爱深厚，我生活得顽皮快活，无忧无虑。

母亲给我起名莲生，意为连生贵子。但父亲将我的名字写为廉生，意为廉洁一生。所以，母亲按她的意愿叫我，父亲也按他的理想叫我。到底是父亲的理想给了我更大的影响。

童年时代，我是个不动脑筋的顽童。在学校听到男女平等的宣传，却不会想一想家里的重男轻女。我没有想一想，姐姐阿玉为什么只能在家里帮助母亲做家务，不能上学，形同丫头，而我可以上学去。家里最好的菜，总要留给我和父亲，母亲和姐姐很少动筷子。我对全家的溺爱习以为常，对社会现象更是无知。

到了一九三〇年前后，广西的军阀混战愈演愈烈，你来我去，无论谁占领了县城，都是搜刮地皮，横征暴敛，就连山里的土匪也能劫掠县城。那些街上倒毙的饿尸和县政府门前悬挂的人头，给我留下了很深的印象。那时普通百姓已无安全可言，我们有好几次全家逃到乡下暂避。

漏屋逢雨，世界性的经济危机很快波及中国，南方的商业受到很大冲击。我们这种靠工薪生活、没有恒产的家庭，立刻陷入风雨飘摇之中。父亲太老实，不会歪门邪道，被老板辞退。他与几个同病相怜的人合伙做点小生意，不过是苦苦挣扎而已，结果一败涂地，只能靠借贷度日。

但这些，年幼的我是觉察不到的，父母不肯外露伤痛，我对家中早已滋长的危机也无知无觉。所以后来真相暴露，对我的打击就如晴天霹雳，特别震惊。

在学校里我的成绩不错，得到老师的赞扬和喜爱。因为调皮、好奇心重，我特别喜欢到县城周边的小作坊、小工厂去观察，去琢磨，自己动手做些小工艺品。学了光学原理后，我曾用一副老花眼镜的镜片做了一架照相机，居然还拍成了模糊的照片。

我的体育也很好，课余还参加学校的演剧队。

九一八事变以后，我已十二岁，小学就要毕业。虽然广西远在中国的南边，没有日本人即刻入侵的威胁，但广西各地的抗日气氛很浓烈。住在学校宿舍，家境贫寒的小学老师把自己用品中的日本货挑拣出来砸碎。小学生们也都组织起来，放学以后，到集市中，站在卖肉的案板上，向老百姓宣讲抗日。

从黄昏到黑夜，我们小学的夜呼队到县城的每条街道上去叫喊。一队队的学生边走边喊：

“我们民族已危险万分，东三省同胞已做了亡国奴……”

“中国就要亡国了，同胞们大家起来救亡啊。”

那些稚嫩的声音在黑暗的街道和老旧的木头房屋间回响，一直飘散到很远的地方。现在回想起来，那情景真有些悲壮。但在当时我心中并没有很多凄惶，因为真正苦难的生活还没有到来，将我带出顽皮的童年。

到平乐的第二天，我去了莲生曾经就读的小学。阳光明晃晃地照耀在平乐小学空无一人的操场上，树荫下放着一张乒乓球桌。当然，我晓得已经八十年过去了，这里已不是莲生上小学时的校址，小学的档案室里，甚至早已不再保存莲生的学籍档案，但莲生从小最喜欢的运动，的确就是打乒乓球和游泳。他还有一双木头底的球鞋，因为家里买不起橡胶底的。他乒乓球打得不好，因为每次打乒乓球都要排很长的队，练习得不够。操场的一角还有一对篮球架，和八十年前的布局差不多。莲生不喜欢打篮球，拼抢的运动他都不怎么喜欢，其实我们几个孩子后来也是一样。

空气中能闻到小学生身上汗津津的气味，那是一种尚未完全消退的孩子皮肤上的香气，等到青春期到来，这种气味就会被充满荷尔蒙的微臭所代替。

想到莲生在上小学时，也是这样一个身上汗津津的小孩，我总感觉奇异而亲切。好像父亲因此变成了一个与我混淆了辈分的人，这总让我想起自己孩子小时候身上的气味。甚至我孩子身上，现在已没有这种属于幼年的气味了，但莲生学校的操场上，却还飘荡着那甜美的童年气味。

这是一间有一百多年历史的小学堂。八十年前，莲生在这间小学读书。

今天，我来这里经历莲生童年时代曾经历过的一天。

我要上一堂四年级的语文课。四年级，那也正是莲生参加夜呼队，学唱《满江红》的年纪。那时，他是深得语文老师喜爱的好学生。就连老师夫妇到果园去玩，都愿意带上莲生。后来，莲生母亲死后，他的语文老师拜托桂林小康家庭的亲戚收养了他的妹妹，语文老师对莲生父亲说："莲生的妹妹一定也聪明，我要。"

莲生的亲妹妹就这样送给了老师家的亲戚。

家里人知道，妹妹去的那户人家在桂林开着一间书店，都放了心。

那个胖乎乎的小女孩，果然不愧是莲生的妹妹。她读书也读得好，等她长大，也离开继父母去参加革命，从此杳无音信，之后再也没回家。

我告诉这里的语文老师，我很感谢莲生当时的那个语文老师，他将莲生培养成了一个喜爱文学的人。也许正因为这样，我才能成为一个作家。

语文老师用白净的手指轻轻按了按我的胳膊，说："我好紧张！”老师说，怕自己做得不够好。

“你是一个作家啊。”老师认真地说，“要是看到我有什么地方可以改进的，麻烦你一定要告诉我。”

这是一个谦恭多礼的小学老师，能写一手方方正正的好字，说着有点南方口音的普通话，我想，这就是广西。

我悄悄地打量那些正在伏案早读的少年，他们的眉宇大多非常端正，和莲生小时候长得一样吧。原来莲生家乡的孩子，都有这样端正和宁静的面容。我好奇而恍惚的目光还是常常惊扰到他们，他们抬起头，看到我，目光非常良善，毫无大城市的小孩被陌生人打量时，目光里本能的戒备和疑问。他们礼貌地向我微笑一下，再垂下头去。他们不再注意我，但我知道他们正在努力平复自己心中的好奇。他们知道过多打量外来的人是不得体的。这就是广西人的教养吧。

早读的时候，他们在读《弟子规》中的“入则孝”篇。这正是莲生小时候背诵过的。语文老师说，他们学校最近开始重新要求学生背诵《弟子规》。八十年过去了，在莲生的故乡，家家仍旧在堂屋里供着“天地君亲师”的红纸牌位，孩子们仍旧背诵着《弟子规》。

莲生的小学 1999 年的四年级语文课堂。

这里的古意与良善，令我在莲生长大的地方感觉很舒服，没有为所欲为的放肆带来的空虚感，也没有陌生带来的压力。这里似乎有一种莲生身上如今还携带着的气息，我从小就熟悉它了。

一个小女孩悄悄接近我，她竟然与我小时候长得非常相像。当我为她照相时，她也将自己的头稍稍垂下。我小时候照相，也常常会做同样的姿势，因为不适应黑压压直视自己的镜头。我有张与她几乎一模一样的照片。这是为什么？

“你姓李吗？”我问她。

她摇摇头。

语文课开始前，语文老师向全班介绍我，她让我跟孩子们说两句话。

我从教室的后排站起来，看到教室里有种非常亲切甚至熟稔的光线，柔和的大片阴影，但这是我第一次走进来的小学教室。

我说：“我的爸爸叫李莲生，他八十年前在这里读过小学。”

我说："我很高兴看到你们大家，你们都是我爸爸的校友。"

我看到孩子们温顺地点着头，礼貌地微笑。突然，一个小男孩吃惊地竖起眉毛："八十年！"他叫起来，用手比画了一下，试图表示它的漫长。然后，他惊奇地看看四周的同学："八十年！"他似乎对这个长度手足无措。

"是的，我也一直很吃惊。"我对他说。

"那个李莲生，他还好吗？"那个小男孩问。

"他还记得小学里背诵过的诗词。"我说。

"你们这时候，是人的一生中记忆力最好的阶段，学的东西最容易记住，所以，你们现在要用心多背诵一些优秀的古文，这对你们的一生都有帮助。"老师接着我的话头，在讲台上向大家说。

这是莲生在我小时候对我说过的话，这是为什么？

那堂语文课上，学的是《巴斯德征服狂犬病》。有个小女孩将自己的书送到我手里，为我翻开课本，在那篇课文上用白白细细的手指点了点，然后，她向我微笑了一下，回自己座位上去了。

我握着她的书，心中真舒服。那种舒服，是小孩子被家人照顾的时候心中的安适稳妥，我在自己幼年时曾感受过。虽然他们现在都是孩子，但他们也都是我父亲的校友啊。他们是因为莲生的存在，才允许我来上一节语文课的。按照这个辈分，我可是比这些孩子更小一辈的。我感觉自己是个小孩子，这是无逻辑但极为真切的感受。

全班朗读课文时，两耳满是带有南方柔和齿音的琅琅童声，我在里面听到莲生时断时续朗诵苏炳文诗词的声音，“烽火弥天尚未停，几人沉醉几人醒？”这就是莲生至今还记得的语文老师教授的诗词，那时，老师教导过他，好男儿要热心救国救民。

如今，我还能在这片朗读声中辨出与莲生相似的口音。

语文课结束后，老师请全班同学到操场上去与我合一张影。孩子们让我站在中间，要是莲生来了，这里应该是他的位置。我遗憾没能带一张莲生的照片来。

在等待快门响起来的那一刻，我突然看到一个少女从操场旁的藩篱外经过，她听到喧哗声，就停下来看我们。她是个矮个子，有点胖胖的，我心里闪过阿玉的身影，也许阿玉小时候也是这样的？她说过，她总是背着弟弟去莲生的教室外面看他们上课，只要背上的弟弟不闹，老师也就不赶她。

离开小学校，我沿着当年莲生从平乐县城出发去榕津春游的路线，去了榕津。这正是小学生春游的时间。莲生晚年，许多事情都忘记了，甚至我为他找到了他出生也是他母亲去世的老屋，找到了他外婆家的厨房，为他拍了照片，带回上海来给他看，他都不记得那是什么地方。但他却记得小时候去榕津春游的情形，记得那里的大榕树。

出了平乐县城，道路两边都是俊秀的青山绿水，手指形状的喀斯特山脉远远近近、延绵不绝地耸立在绿色的田野和淡蓝色的晴空之间，一路看去，好像梦境一般。少年时代的莲生漫步在这里，和同学们一起唱着歌。绿色的河流清澈清凉，倒映着一蔸蔸巨大的凤尾竹。女人在绿色的竹影里洗衣服。白色的鹅和白色的花自由自在地镶嵌在山水之中。

榕津有大榕树，大榕树下面有小石佛，小石佛的颈上围着红披肩，面前插着红色的细香。他们是这里的土地公和土地婆，人们经过他们身边，躬身拜拜。

莲生还记得这棵大榕树，它的根又粗又结实，好像一座独木桥，人们就在它的根上走来走去。

“那些根好大哦。”他在病房里对我说，微笑中闪烁着孩子般的惊喜。

榕树下有个红漆斑驳的古戏台。这里是桂剧的发源地，桂剧第一锣就藏在青石板街上桂剧剧社的楼上。榕津的人都说平乐人更喜欢粤剧，因为那里有不少广东人。榕津的老人感怀我肯来寻找父亲小时候的家乡，特别拿出那面大铜锣来让我敲。我用力敲了一下，铜锣的声音果然响亮，好像十里八乡都能听得到。我在石破天惊的锣声里，依稀听到莲生在家中用那台三洋牌录音机播放《关汉卿》的声音。

榕树包围的青石板街上有一座非常古老的天后庙，我进去烧了一炷香。天后娘娘已经在这里站了几百年，她见过那个面容周正的春游小学生，见过他汗津津喜悦的脸。如今照料寺庙的是个穿蓝布衣的老人，背上还背着一个小孩。他一边擦洗庙里的香炉，一边一遍遍教背上的孩子认识庙里的灯笼，他唱歌般地轻声说：“灯——笼。灯——笼。灯——笼。灯——笼。”

天后庙和戏台之间的青石板街上有许多人家，家家堂屋里都有红纸牌位供奉。供奉着的，大都是“天地君亲师”。有的人家思想进步些，就改成了“天地国亲师”，用“国”代替了“君”。镇上的老人告诉我，民国以后，思想进步的人家，就渐渐改掉了原先的那个“君”。但是，基本的伦常并无改变。

一条小花狗跟着我，一步也不放松。我回头看它，它就对我摇尾巴；我向前走去，它就紧紧跟着我；我停下脚来，它就赶过来，闻我的鞋。它从未吠我。

原来，它知道我不是外面来的陌生人，我本应姓李，是莲生的女儿。

在当年莲生出生的老房子的二楼，朝向大街的房间里所见。虽然这是别人家废弃不用的东西，但我仍感觉亲切。

我的母亲非常善良，一生勤勉，是我家的支柱。她生了十个孩子，但只有四个长到成年。

一九三二年，在九一八事变一周年的日子，平乐有纪念活动。我去参加演出抗日的话剧。离家时，母亲还为我做了晚饭。但我走后不久，她就又吐又泻，听阿玉说，她呼喊着要我赶快回来。等到半夜，我演完戏回家时，母亲已经神志不清，不认识我了。我扶着她起来，她大吐大泻一场后，昏昏沉沉地睡去，天未亮便离开了人世。穷人家的主妇操劳过度，生孩子又太多，这使她的身体很衰弱，霍乱一来，便被击倒了。

当时，我家还有出生才几个月的弟弟和三四岁的妹妹哭闹不停。只有外婆挪着小脚来看望，其他亲戚们都不来帮助，还是好心的邻居临时将他们带回自己家照看，这些穷苦的邻居是何等善良！

因为母亲是患霍乱去世的，同住一屋的邻居被吓得不敢回来。那天早上，原本窄小的房屋突然变得空空荡荡，恰逢秋雨连绵，天昏地暗，更显得凄惨。父亲一早离开家，借钱为母亲买棺材。大概碰了不少钉子，直到黄昏时他才把棺材抬回来。

那一天，空荡荡的屋子里只剩下不足十三岁的我和十八岁的姐姐守着母亲的尸体。看到母亲双目未闭，我和姐姐轮流用手为她揉眼皮，不停地说：“母亲你就放心地走吧！”可是直到黄昏时入殓，母亲的眼睛还是没有完全闭上。按当地习俗，入殓时，长子要抬着尸体的头。看着死不瞑目的母亲，我猜想，母亲一定是为留下这一群幼小的儿女不安而不能瞑目的。我当时心中是种什么滋味，用“心碎”一词也无法形容。

草草埋葬了母亲，那口棺材的开支成了家里最新的一笔债务。

有户善良人家，知道父亲为无法养活我们家的四个孩子发愁，表示想要我的小妹妹当女儿，父亲就把只有三四岁的妹妹送给了他。当时，卖儿女的人家，不光是走投无路，还要背负道德上、人伦上的坏名声。我们都不肯将妹妹卖掉，不愿意收钱，所以就将妹妹送给人家了。

才几个月大的弟弟，还只能吃奶。母亲死了，弟弟在家里，一定会饿死的。邻居帮我们找到一个穷妇人，喂我弟弟吃口奶。父亲将弟弟寄养在她家，她当我弟弟的奶妈，同时喂养我弟弟和她出生不久的孩子。

安排好以后，父亲为躲债去了外地，一时杳无音信，他连家信也不敢写。

在家庭的变故中，我渐渐睁开了眼睛看社会。这时我才知道，所谓同乡会馆，其实都是些有钱有势的人控制着，他们能在生意上互相照顾，而不会帮助真正孤苦无告的我们。他们只会锦上添花，不会雪中送炭。

父母在县城里住了十几年，也有一些亲戚朋友。母亲在的时候，我看到过亲戚间的人情往来，看到过那层温情脉脉的面纱。但在我家潦倒后，亲友们自然地疏远了，有同情心的穷亲戚爱莫能助，稍宽裕些的，也因为我家有四个孩子，衣食没有着落，而离得远远的。还有一些比较有钱有势的，歧视的白眼就立即显现出来了。我有个姨妈有钱，不断放高利贷，但对我家却不肯稍加理会。

“人情冷暖，世态炎凉”是我在学校读书时就熟知的词句，但对其真正的含义并无体会。那时，我忽然深深体验到了“贫居闹市无人问，富在深山有远亲”，对母亲常说的“人情如纸薄”一下子也有了痛切理解。后来，我读到鲁迅的书中有一句话，大意是：从小康之家沦为困顿之家，最能看清世人的真面目。多少年后，他的那句话还让我清晰地回想起了母亲去世后，在我家求告无门的困顿中，世人演绎出来的真面目。

阿玉只是没日没夜地做针线活，赚取很少的手工钱。她常常整夜赶工，靠在床上，半睡着，手里还在用钩针织毛线帽子。

但即使是这样，也不能养活我们三个人。

当时父亲和那穷妇人商定好，弟弟寄养在她家，每月我家要酬谢她几块钱。但我家拖了很久，都没有钱给。最后，穷妇人流着眼泪说："我现在奶两个孩子，没有吃的，奶水不足，弄得两个孩子都又瘦又干。"没法子，我们只能把弟弟抱回家来。但临走时，穷妇人又不忍心，她说："孩子还不到断奶的时候，送回你们家，你们也是毫无办法的，还影响姐姐的针线活，全家更无生计。"犹豫了好些时候，最后她决定不送回，继续留弟弟在她家，她负责把两个婴儿奶大。

"难又难，麻篮挑水上高山，麻篮能挑几多水，肚饥饿得几多餐。"这是平乐地方的山歌，它曾在我心中留下抹不掉的大问号。我幼小的心灵，这时开始体会到了尘世的伪善和艰险，困顿中我很快便成了一个早熟的少年。但那时，我的头脑还模糊得很，我还处在一群可怜可悲的、没有觉悟的芸芸众生之中。稍有觉醒的，只是一个小知识青年对穷愁困顿特别的敏感和苦闷。

留在家乡的莲生的表弟表妹——尚忠、尚莲和已经死去的尚国的独子文华，一同带我去了冬瓜岭。冬瓜岭上的果园里，埋着我奶奶。

我带着从檀香店里买来的东西：一对红蜡烛，两沓纸钱，四串锡箔，一大把上好的香，还有一些爆竹。按平乐地方的习惯，祭拜的最后，要放些爆竹的。

冬瓜岭上的泥土，正是书里形容的“埋入黄土”的那种黄，令人窒息的、沉甸甸的、耀眼的那种黄色。

我的父母很早便离开家参加革命，我只见过他们父母中唯一的老人——我的爷爷。我没见过奶奶和外公、外婆，我母亲甚至对她自己的母亲都没有什么印象。所以，清明对我来说，是没有任何意义的古老节日。我从未用过那些纸钱和锡箔，它们对我而言不光陌生，而且似乎代表着一种愚昧而晦暗的联系。我提着它们走进果园时，心中有些不适。

离开上海时，我便宣称要去给奶奶烧香扫墓，哪怕奶奶的坟早已消逝，我也要找到那块地方。

莲生似笑非笑地看着我，问：“你有感情吗？”

他宣称自己是彻底的唯物主义者，不干这种事。他对我的唯心主义观点常常温和地嗤之以鼻，但他这次没制止我去给奶奶烧香。只是问我有没有感情。

老实说，那时的我并不知道。对我来说，奶奶的坟与我的故乡，似乎是两个一致的概念，它们都是形而上的，具有显而易见的象征意义。但它具体象征着什么，我心里并不明确。

莲生记忆中的乱坟岗，此刻是一片小小的果园，满目绿色。篱笆上缠着茁壮的藤蔓，开着白色的大花，但它的气味有些令人发晕。

二十世纪五十年代，奶奶的坟已被夷为果园，而我的父母则作为外交官被派往东南亚。

我的父母，从未回家给他们的父母上过坟，莲生甚至要到离开家六十年后，才回了平乐一次。即使回到了平乐，他也未去冬瓜岭。与人们所想象的衣锦还乡不同，他从未尝试过在故乡寻找其他亲戚，也未去过任何旧址探访。他只与他的舅父一家叙了旧，只在舅父家的院子里坐了一天。

我将一对红烛插进黄土里："奶奶，我是莲生的女儿，是阿玉把我带大的，我来给你上坟了。"

奶奶坟墓的旧址上，如今长着好看的果树，我希望这是一棵柚子树，沙田柚。

第二章

这就是阿玉用了一辈子的钩针。后来她去养老院住，还将这根钩针带去。像我随身带着手表和笔一样，她随身带着钩针。

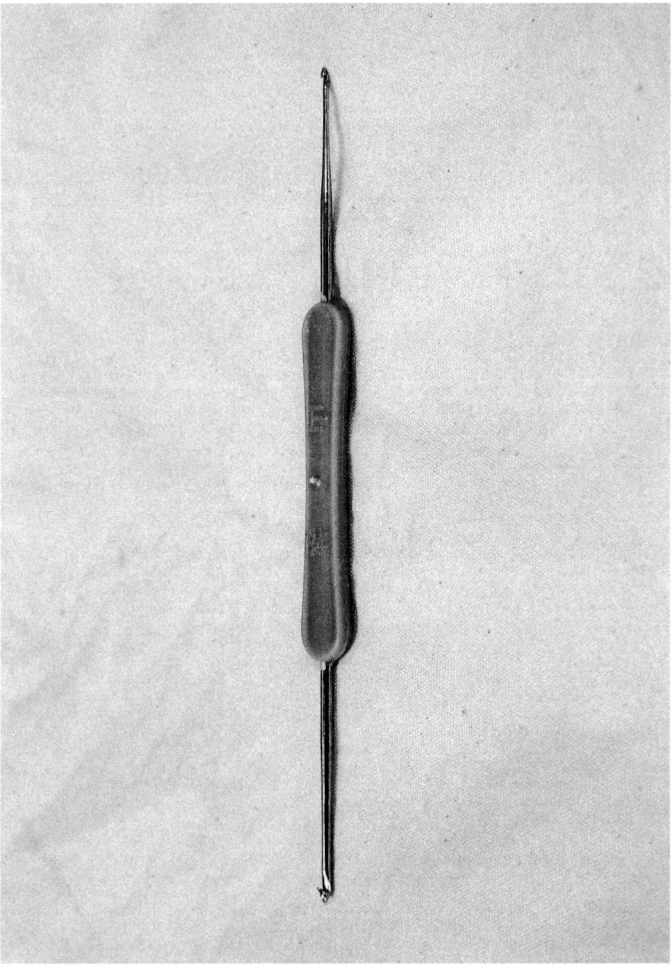

我从小跟阿玉在一张床上睡，直到我出嫁，离开娘家。爸爸妈妈一间房，大哥二哥一间房，我跟阿玉一间房。

2010年我在父亲回忆录第一章的引导下去了平乐。小时候阿玉给我讲睡前故事，她说的故事都是对平乐的回忆，她的爸爸和妈妈，她的弟弟们，她家的旧平房，街上的小庙，小庙前面的一条河，走大街过去的小学校，小学校路上的石头台阶，小学校前面敬惜字纸的焚纸炉，沙田柚，糍粑，大蒜冬菜，船上老表，钩针，柿饼上的那层白色糖霜……其实，如果说父亲的回忆录是个故乡概述，那么阿玉的睡前故事才是故乡指南。它们让我从小就一点一滴地熟悉了这个小地方。

只是阿玉基本不识字。

莲生的三个孩子都是阿玉一手带大，可我们全都从未想到要帮她记录她的回忆，像鼓励莲生那样。也许在内心深处，我们都认为莲生的回忆更有价值吧。

所以，现在，要从莲生的字字句句，走进阿玉的故事里去。

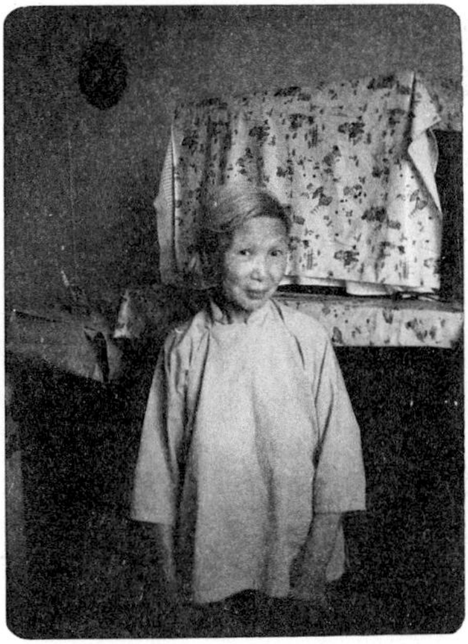

我结婚离开家以后，阿玉便独自住在小房间里。她从来不看电视，没有兴趣。

阿玉是我的姑妈，莲生回忆录里提到的大姐。她 1914 年阴历九月廿三出生在平乐大街上一栋砖木旧楼房的幽暗底楼。

阿玉梳鬏，穿大襟短褂子。她长年累月穿木头拖板鞋，脚底长满老茧，直到九十六岁时病重，我在病床上为她洗脚时，还能摸到满脚老茧。莲生在他的回忆录中说过，两脚底长满老茧，是两广劳苦大众的传统模样。阿玉正是如此。

1932 年，阿玉十八岁，九月，母亲因霍乱去世。在那幽暗楼房的底楼，她抱着尚在吃奶的小弟弟送走母亲。此后她终身未嫁。阿玉生活困苦，但倔强生存，她不是职业妇女，也不是风尘女子，没有田地、祖产，甚至祖屋，也实实在在是上无片瓦、下无寸土之地。她只靠自己的一双手和一根钩针谋生。但她不光独立生活，还独自抚养自己最小的弟弟健生，直至 1950 年将他送进师范学院读书。

为了生活，她夜以继日地钩小孩的帽子和毛衣，换取低廉的手工费。有一年广西大旱，物价飞涨，阿玉没钱买菜来下饭，只得到大街尽头的码头上去，捡往来漓江的菜蔬船只遗弃在码头上的菜蔬。有一次，她只拾到烂姜，将溃烂的部分切掉后，做成泡菜下饭，却不知一旦烂了一小块，整个生姜都已含有毒素。烂姜的剧毒伤害了她和健生的听力，他们两个人当时都发了高烧，两耳流脓。阿玉当时就聋了一只耳朵，健生幼年起便听力微弱。到七十岁时，阿玉的双耳便全都聋了。

三十多岁时，从未离开过平乐，基本不识字，也从未听过普通话音调的阿玉，独自离开平乐前往北京。莲生的家在北京安顿下来了，他请她去长住。

她乘坐一列慢车，带着莲生单位的地址和一个电话号码，从桂林出发，途经湖南、湖北、河南、河北诸省，经历半个多月，一路吃着用热水泡的自带的米饭和咸菜抵达北京。离开北京火车站后，她将地址交给在北京见到的第一个穿解放军军服的行人，她相信每个解放军都认识她大弟弟莲生，因为他也是解放军。那个陌生的陆军军官居然真的带她找到了莲生的机关，将她交给警卫。就这样，她来到了中华人民共和国成立后，终于在北京安顿下来的莲生家，从此她有了温饱，不必挣扎求生，不必操心健生，这已是1956年。

莲生、莲生的妻子、阿玉，在北京的家中。

此后，阿玉以莲生家为家，开始照料家事，让莲生多病的年轻妻子能休息好。那时莲生的长子刚上小学，次子还在上幼儿园，女儿尚未出生。阿玉这一住，就是五十年。后来，阿玉又照料了莲生的长孙李力、莲生的外孙女也就是我的孩子太阳。所以，阿玉在莲生家先后照料了两代人，一共五个孩子。其中三个孩子从产院回家时，都是阿玉为他们打开家里的大门，这三个孩子就是襁褓中的李力、太阳和我。因此莲生家的这五个孩子，也就成了她的孩子。

1988 年夏天，我从产院带太阳回家，阿玉早早为我开了大门。她从我手中接过太阳，太阳望着她，呜呜哇哇地发出愉快的声音。七十四岁的阿玉穿着天蓝色的大襟褂子，立即就给太阳准备好了洗澡水。她说要多给婴儿洗澡，洗一次，小孩就会长一次。当年，即使我出生在隆冬，她也每天给我洗澡，所以现在我长得高。有时我想象自己从产院被母亲抱回家时，阿玉也穿着天蓝色的大襟褂子，喜盈盈的。从我和太阳回家的第一天起，她就开始照顾我们了。

2010 年 4 月 2 日的下午，清明节长周末，街道上洋溢着春日假期前的轻松气氛，食品店到处张贴着青团的广告。我坐在哥哥那辆克莱斯勒的后座上，突然想到，对莲生和健生而言，与其说阿玉是他们的大姐，不如说是他们的母亲。

车上坐着我和我的两个哥哥，阿玉带大的三个孩子。这时，李力在清华大学读博士，太阳在罗德岛设计学院读本科，健生在昆明自顾不暇。能来陪她去医院的孩子都已在车中聚齐。小时候她陪我们去医院看病，然后回家，现在轮到我们陪她。对我们这些孩子来说，阿玉与其说是我们的姑妈和姑奶奶，不如说是我们的祖母和曾祖母。

莲生在回忆录的第一章里提到，阿玉十八岁开始代行母职，其实也包括了这层意思吧。

2010 年 3 月 19 日黄昏，九十六岁的阿玉在养老院中风。3 月 24 日清晨，大雨中，我启程去平乐。3 月 31 日，我和两个哥哥一起接阿玉出院，她身体左半边偏瘫，但神志清醒。她曾经说，她最怕老来瘫痪在床上，如今她的怕竟然成真。

医生说，她的生命虽无近忧，但已接近终点。由于卧床和心脏衰竭，她身体的各个脏器都将因为供血不足而逐渐衰弱。这很可能是个反复感染的痛苦过程。

3 月 31 日那天阳光灿烂，回养老院的路上，到处可见盛开的樱花与桃花。我们大家黯然围坐在阿玉身边，看窗外春色无声滑过。她这一生，似乎都与外部世界的繁花与良辰毫无关系，到终点时仍旧这样。

阿玉很轻地对我们说：“你们就是身体好，以后也不要活过九十七岁。九十七岁，整个人已经老透了。”她的语气让我想到小时候，她吩咐我夏天睡觉要盖好肚子，不要贪凉。

还有，她告诉我一餐饭的最后一口，应该吃一口白饭。细细地嚼，嘴里会有大米的甜味和清香。

这些都是她心目中的真理。

我说:“什么时候死，又不是自己可以决定的。”

阿玉说:“吃安眠药。睡着了就死了，不知道难过。”

她这一生没吃过半粒安眠药，不知道她怎么设计了无痛的自杀计划，又这样肯定。

哥哥的黑车沉默地驶过一个街口，那里有株盛开了无数花朵的樱花树，树下一片白色落英。一个小姑娘在她爸爸的帮助下，拼命摇动树干，她想要看到更稠密的落英。

这是阿玉第一次提到死，用极为微弱的声音。离开平乐的六十年中，她渐渐学会说这样一口带有南方口音的普通话，她用它给我们讲平乐的故事、唱歌谣、到菜场买菜、到米店买米，后来，在养老院与她一生中最亲密的女友交谈。她反对我去平乐，因为那里正逢干旱。“要吃不上饭的。”她说。当时她已住在没有电视的医院病房里，周围的人，包括她自己，都在与病痛殊死搏斗，她又是如何知道广西的旱情呢？

我赌气说："你不是说过，你要活到一百二十岁的吗。"话这样说出口，但我心中惊奇。阿玉的话，原来我还当真了。当初她向我说这句话的时候，我大笑着伸手去拍她的后背，连声称好。我记得自己还对她保证，即使到那时我早已老死了，也会吩咐我的子子孙孙带她来给我上坟。虽然形同玩笑，但是在我心里，却真有点相信阿玉会长生不老，相信她一定会得到上天对她辛苦一生的补偿——那是一个应该发生在她身上的奇迹。

阿玉轻声否定说："太老了。"

她的口气让我想到小时候，她告诉我一个女人最好不要结婚。结婚的女人太辛苦了。她们的内裤上总是有很多分泌物，不会像处女那样干净。结婚的女人老了，好多病，因为操持一个家，身心都太劳累。

阿玉在养老院里总是坚持自己洗内衣，因为她不要将自己的内衣与其他老太太的混在一起洗，她觉得她们的身体都不够纯净。"纯净"这个词，她不知道普通话怎么说，她说的是平乐话。

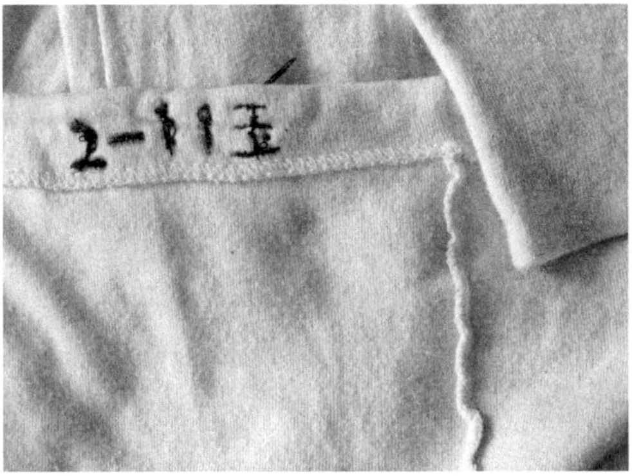

阿玉的内衣。为了在养老院洗认方便，她在内衣上都绣上自己的名字。

远远地，看见养老院的花园里也有一棵樱花树。也是满枝花朵，如云般浮现在一片树梢上。

阿玉把养老院当成自己的家，连大年夜她都不愿意让我们接她出来吃年夜饭。她最盼望能留我们大家在养老院，和她一起吃饭。

4月2日下午，沿着两天前的路线，我们向医院驶去。车窗外的樱花树上仍旧盛开着千朵万朵樱花，桃树上也伸展着百枝千枝开满花朵的树枝。阿玉回去住了仅一天，就发了高烧，不得不再次送去医院。仍旧是哥哥的黑色克莱斯勒，阴郁沉重，与明媚的长周末下午格格不入。

医院不肯收治阿玉。

第一家医院说，阿玉病情太重，他们没有把握，建议转往大医院。

第二家医院是大医院，但医生说他们的病床都满了，阿玉需要不间断吸氧，他们即使可以加床，也无法为她接上氧气，所以他们也不具备收治条件。

第三家医院说，这已是长周末的下午，主治医生都已下班回家，留下的都是值班医生，无法保证能及时处理好阿玉的病情，最好转去其他医院。

这时，我们三个人才醒悟过来，原来医院都不想收治阿玉，因为她太老了，原来连医生都觉得她这时去世是寿终正寝。

除了我们三个。

我们讨论该怎么办的时候，一直沉默的阿玉突然轻声劝告我们说，不要非议那些拒绝收治她的医生，不要说别人不好。

在我们小时候，她陪过我们每个人睡觉。我的两个哥哥相差一岁，在床上打打闹闹，她便自己睡在中间，将他们隔开。夏天她陪我睡觉，四周一片蝉鸣，席子上小风呜呜。我还没睡着，她已睡着了，蒲扇慢下来，“哗”的一声，落在她腿上。我嫌风小了，就动来动去，她惊醒过来，蒲扇就啪嗒啪嗒又扇起来。她说:“你这么怕热，到不得平乐。平乐好热喔。”

睡前我们大家都央她讲故事，她给我们讲的大多是平乐，有时讲《木兰辞》和《二十四孝》，这是她在大街的庙会上看过的戏。有时她不给我们讲故事，她给我们唱歌，唱《小白菜》。阿玉有个恶后娘，所以，她总是告诫我们大家不要气自己的妈妈。妈妈死了，孩子会很苦。她说平乐有句老话说，“宁要讨饭的娘，不要做官的爹”。我和我的哥哥们相差十年才出生，但我们都会唱《小白菜》，都是阿玉教的。“小白菜呀，地里黄呀。两三岁呀，没了娘呀。”这是平乐代代流传下来的童谣。

车里沉默下来。

车泊在一个街口，我们不知道接下来如何才能救阿玉，不知道能到哪里去。正是那个街心花园中有棵樱花树的街口，两天前还有个小姑娘在那里摇树。此刻，樱花树下堆着如雪的落英，微风拂过，花瓣追随席卷而去，这就是所谓“樱吹雪”的4月。

这辆无处可去的黑色小汽车，就好像春日鲜花盛开的温暖海洋中的一条沉舟。

阿玉尿湿了裤子。她中风后，小便时常失禁。

阿玉浮肿的面颊因为高烧而通红。她中风卧床后感染了肺炎。

阿玉嘴唇紫得很。由于常年严格的素食，她缺乏蛋白质，胸腔里有中度积液，心包也有积液。

由于左边偏瘫，又坐在尿湿了的衣裤中，阿玉以古怪而不舒服的姿势歪坐在米黄色的皮椅上，好像一具用坏了的提线木偶，还散发着暖烘烘的尿液气味。

最后，我们找到莲生所住医院的院长，当他知道我们此刻等在街道上无处可去时，亲自做了安排，阿玉这才住进这家干部医院开设的西楼平民病房。

汽车“轰”的一声上了路，一头扎进周末下午缓慢移动着的车流中。

车子拐进医院大门，经过用一道粗红绳拦起的入殓间的门口，又经过一株开满粉红色桃花的小桃树，我们终于为九十六岁的阿玉找到了一张有氧气供应的、床单洁白，并带有一张帷幔的病床，她换衣和接受检查时，能不违背她处女不露体的禁忌。

哥哥突然说，五十四年前，他七岁时，有一天，家里突然多了一个人。这个人梳了一条花白的大辫子，穿着大裤腿长裤，非常的“南方”。这个人就是阿玉。她三十多岁时，头发已经花白了，辫子却很粗。

这条辫子，曾是南方人自古以来处女的象征，就好像无名指上的戒指长久以来是婚姻誓盟的象征那样。

我回到平乐，找到了童年的睡前故事中，阿玉说过许多次的石头码头。冬天她下河去洗衣服，好冷。但她说得更多的，是她妈妈洗衣服，冻得两手通红，好像胡萝卜。她说，结婚的妇人真的辛苦。

在平乐，我先找到了阿玉全家住过的那条街道，这条将近一百年的街道，名叫大街。它还是原来的样子。我向从前的大码头走去，渐渐看到一条古旧的窄街，被下午迷蒙、渥热的阳光包裹着。那时，就好像一步步走进阿玉从前说的那些故事里。阿玉不知说过多少次这里发生的故事，这里的人，这里的食物，这里涨过的大水。我似乎只是走进了小时候听过的故事里。

我先找到阿玉出生的房子。过了九十六年，那幢木窗砖墙两层楼高的房子居然还在原地，门板合上后，室内仍旧幽暗如初。她在这里一直住到十八岁。然后，我很快就找到了阿玉外婆家的房子，她在这里从十八岁住到二十二岁。那栋房子的二楼还保留着原先的木格花窗。阿玉说，外婆刚去世时，曾变成一只鸟，有时早晨很早就来了，站在窗台上叫个不停。后来，直到离开平乐到北京，阿玉都从未离开过大街。

我在那两栋房子里走来走去，听到陪伴我去的亲戚对现在的房主人解释说："这个崽从好远地方来的，来看看她阿爸和姑妈以前住过的地方。"

在莲生和阿玉的家乡，我是"这个崽"。

阿玉曾告诉我，健生小时候的奶妈有次在天后庙前突然又看见健生，那个女人连声叫着“这个崽，我的这个崽”，拨开人群跑过来。

屋里的老人问我:“你家贵姓啊？”

“免贵姓李，我阿爸叫莲生。”我回答，“我姑妈叫阿玉。他们的外婆叫叶四姑，是我太婆。”

房主人摇头，他都不知道，虽然他也在这条大街上住了七十年。

但他放心让我自己四处看看。

我恍恍惚惚地在幽暗的室内走着，这是我第一次对人正式说，我姓李。感觉很怪，好像看着另一个姓李的人，正用我的身体，在这里走来走去。我一直跟着革命后用了假姓的莲生姓陈，可是在平乐突然姓回了李。

厨房还在屋后，像阿玉故事里说的一样。她七岁开始就在这里做活了。阿玉说过，她小时也曾想要和弟弟一样去读书，但家里需要人手帮忙。她妈妈忙不过来，她要帮妈妈。但她又不甘心，就在家里磨洋工，所以她干事情总是很慢很慢。我看见用砖头起的灶头还在那里，被烧得好黑。阿玉多年前就是在这里磨洋工的。

只要有阿玉在厨房里，那就是世界上最乱的厨房。她永远都没时间整理好厨房。菜永远摊在地上，煤气灶上永远用文火炖着什么，水槽里的脏碗永远没来得及清洗。

不知道我少年时代总是帮阿玉洗碗，是不是也有着当年阿玉同情奶奶那种心情。

有时我把书夹在水管子和墙壁的夹缝里，一边背书，一边洗碗。那时阿玉就待在厨房里，坐下，静静择一篮子鸡毛菜。

这里是她的第一间厨房。她在这里烧好饭菜，先照顾她父亲和弟弟吃饭。她把瘦肉剁碎了给弟弟和爸爸蒸肉饼吃，用墨鱼肉和莲藕炖汤给弟弟和爸爸喝，但她自己从不吃这些好菜。家里的规矩，这是给家里的男人们吃的。她与母亲总是吃剩下的素菜，后来，她索性跟母亲吃了长斋。那是严格的长斋，连韭菜和大蒜都禁了。她这一吃，就是整个余生，一共九十年。

她说，后来就只能吃素菜了，吃了肉，心里堵得慌。

她喜欢吃粑粑。藕粑、艾叶粑粑、黄豆粉粑粑、红豆沙粑粑，这些温性的蔬菜和糯米，都是阿玉最喜欢的。从小到大，我总是看到，她独自站在煤气灶边，一边煎着粑粑，一边吃。这就是我所看到的阿玉最大的感官享受了。我和女儿太阳，有时馋痨虫爬出来了，就去分食阿玉的牙祭。那些粑粑总是甜甜的，软软的，带有一股阿玉烹饪时特殊的生油气味。她从不用滚油做菜，因为在她的食谱里，如果油烧滚了，性太热，会导致上火。

阿玉的厨房里，永远都有因为用没烧开的花生油炒菜而经久不散的特殊气味。她身上也总是沾染着那种生油气味。莲生晚年总是跟我感慨阿玉这一生所得太少，甚至从未有过一个假期。年复一年，她漫长的一生，总在厨房里。

在平乐，如果看到当地的妇女围着灶台劳作，我总是忍不住停下来，看了又看。我的奶奶，我的姑妈，她们当年就是这样干活的吧？南方的妇女，在行动上，有不同于北方妇女的另一种麻利，一种带着梦幻般慵懒的灵巧。阿玉总是说，她在厨房干活是可怜妈妈辛苦，自愿帮助她。而莲生说，父母不让阿玉上学，从小就用她做家务，好像一个丫头那样。而我记得阿玉总是把厨房弄得很乱，十岁时，我开始帮阿玉洗碗。如果我洗碗，她就给我讲她帮她妈妈干活的事。冬天底楼的厨房，是我家在傍晚时分最温暖的地方。那时家里只有我和阿玉，煤气灶上米香弥漫。

从小到大，我已经非常习惯回到家里，对厨房叫：“姑！”看书时要喝水，对厨房的方向大声叫：“姑！”后来，阿玉住了养老院，我出嫁、产女、搬家。如今回到家，站在门口，只是沉默地拔掉钥匙，换上拖鞋而已。此刻，独自在这间八十年前阿玉的厨房里，看着灶头前面那堵被熏黑的老墙，好像这声“姑”又要脱口而出。

阿玉在平乐的厨房。

广西漫长的雨季里，阿玉天天都要在灶前，连夜为弟弟烤干布鞋和棉袍的下摆，好让他早晨能一身干爽地穿去上学。她自己不能去上学，有时就背着小弟弟，或者小妹妹，一边哄他们入睡，一边就出了门。出了门，她就去莲生读书的学校外面，看学生们读书。她曾说，莲生班上有些孩子真是笨，连她站在外面听的人都背出来了，那孩子还是背不出，只能伸出手去挨先生的板子。说着，阿玉就用广西话背诵起来:“人之初，性本善。性相近，习相远。苟不教，性乃迁。”那是《三字经》。

她也看到过莲生背书。从那时起，她一生都为弟弟流利的背书声感到自豪，莲生的语文老师喜欢莲生，就好像是对她自己的肯定一样，她一直都铭记在心。“唧唧复唧唧，木兰当户织。不闻机杼声，唯闻女叹息。”这是《木兰辞》，莲生小时候背诵过的，她在课堂外面学来的，直到今天她还记得。

在我们几个小时候，像莲生那样聪明，像莲生那样好好读书，就是阿玉在睡前故事中分别告诉我们的天经地义。在阿玉的价值观里，读书好是第一位的。然后，就是莲生上学时天天都要穿过平乐最糜烂的街道，那里开满了大小赌场和大烟馆，但莲生从未沾染他的舅舅嘉玉沾染过的赌习。莲生真是出淤泥而不染的好孩子。

后来，我才知道，好莲生的故事，也是健生小时候的睡前故事。健生小时候，一度与后娘一起住。那时他总是被后娘打。阿玉去跟后娘说，你可以教训他，但不要打他的头，打小孩的头，会打笨了他。但后娘根本不听。于是，阿玉就将健生从后娘家里领出来，自己带。健生与莲生相差十三岁，他记事时，莲生已经音信全无。直到 1950 年，莲生回来，供健生上了大学。莲生对健生毫无印象，但莲生却也是健生的榜样。

那么，好莲生就是所有阿玉带大的小孩的榜样。这些故事，从 1932 年出生的健生开始，一直讲到 1988 年出生的太阳为止，一共讲了五十六年。1966 年，莲生和阿玉的父亲因莲生被当成“反革命分子”关押，气病而亡，但阿玉从未停止过为她的大弟弟感到骄傲。

我为阿玉拍下这间厨房。厨房是阿玉世界的核心。

阿玉似乎一生都在厨房里忙碌，也许跟那些家庭妇女一样，厨房就是她的殿堂。

这屋子的走廊里真是幽暗。当年阿玉带幼小的健生与自己的外婆同住。她和外婆常常整夜都得赶工，就半靠在被子上做手工，外婆需要养活自己和她弱智的弟弟，他跟了她一辈子。阿玉需要养活自己和她幼小的弟弟，他们的父亲一去，整整两年杳无音信。当年外婆也是青春年纪，家破人亡时，也是独自带着幼小的弟弟谋生，一路从钦州来到平乐。她们俩的命运，好像一个轮回。她们同睡一张大床，但常常整夜都是各自靠在叠起的被子上赶工。

阿玉在外婆身上看到了自己的将来。晚年时说起来，阿玉总是说，外婆鼓励了她，让她知道自己能靠自己活下去，甚至可以再养活一个亲人。

在外婆家，母亲的灵魂有时会回来看她。

母亲总是躲在外婆家走廊的最幽暗处，见她和衣睡着了，手里的小帽子还未完工，就叫她一声："阿玉！"她就醒了。

阿玉说，灵魂发出的声音很容易与活人的区分开来，因为灵魂发出的声音是没有回音的，很平扁。

我记得自己曾一定要她学给我听，到底什么样的声音叫作没有回音的声音。那时我躺在一张大席子上，还没睡着。阿玉盘腿坐在我身边，她身上有股没烧开的花生油的气味，她要等我睡着了才能去洗澡。她学给我听："阿玉！"

在平乐幽暗的走廊里，有一股天长地久的旧房子里的灰尘气味。当年阿玉就在这里听到亡母叫她，我似乎能听到这叫声——这是阿玉多年前留在我脑海里的声音。

母亲的死，断绝了阿玉结婚的可能。家中无人为她张罗结婚的事，根本没有嫁妆，还拖着个未断奶的弟弟，这是阿玉的第一个不能。

阿玉的第二个不能，是她自己灰了心。她已看到母亲生前的辛苦，又看到母亲留下的孩子们的凄惶无告。"我妈就是变成了鬼，都要操心！"阿玉总是这样解释为什么母亲要叫她醒来。她怕自己要重复母亲的道路。

第三个不能，是外婆曾将自己的双手举到眼前，告诉阿玉说："我也有一双手，我能靠自己这双手吃饭。"阿玉最后一次说起这件事，是在病床上。她学外婆的样子，也向我举起她的双手。外婆给了阿玉一个旧式女子在小县城里独立生活的榜样。

我为阿玉拍下这个走廊。这里决定了阿玉的整个人生。

照相机快门“哗啦”一声打开，柯达胶片久久暴露在外感光，这里真是幽暗。此刻，阿玉躺在上海的一张病床上。我第一次回到莲生与阿玉出生的房子里，没有他们在这个房子里出生，也就没有我的存在和成长。而阿玉此刻躺着的那张病床，正像一叶小舟，渡她缓缓离开尘世。

在平乐，找到叶四姑的画像时，我有些吃惊。叶四姑穿着件灰蓝色的布衫，而不是白衣裙。阿玉的外婆叶四姑是阿玉睡前故事里除莲生外的另一个主角，阿玉世界里的观世音菩萨。在我的想象中，叶四姑穿着白衣裙。让我吃惊的是，她竟然真实地存在过。

即使她死了，她还有坟。

回到上海，我专门为阿玉打印了一张 A4 大小的照片，4 月 4 日这一天带去了病房。

叶四姑是个慈悲的人，虽然自己很穷，但每次家门口来了讨饭的，她都要在全家人还没开始吃饭时，就先盛一碗饭给门口的乞丐。她说，也许等自己家人吃完饭，不会有饭剩下，但乞丐等在自己家门前，要是等不到这碗饭，他再去别人家，也许别人家的剩饭已被别的乞丐要走了，这个人就得饿一顿。先把乞丐的饭施舍了，自家人不过是每人少吃了一口而已。

叶四姑也是一个勇敢的人。她清代同治年间出生，少女时代父亲病故，家庭离散，她带着小弟弟辛苦生活。直到二十多岁，才嫁给一个从江西来平乐开染坊的男人。后来江西男人告老还乡，叶四姑不愿意跟他回江西老家做小，就独自留在了平乐。她说，她有一双手，能养活自己和弟弟。果真，她不光养活了一家人，还给自己的独子娶了妻，送自己的小女儿出了嫁。

她更是一个开明的人。她的五女嫁给了一个精明的广东商人，那人在桂林代理了美国火油，对自家人又照顾，是个能依靠的女婿。可是五女得了癌症，去世了。为了留住这个好姑爷，叶四姑亲自做媒，将自己的六女再嫁给他。当时在平乐，这算是惊世骇俗之举，但叶四姑毫无顾忌。1930 年世界性的经济大萧条中，家中失业的男人们陆续进入桂昌行工作，保住了各个小家庭的温饱，男孩子们得到继续受教育的机会，在桂林读书的嘉玉和莲生，都吃住在桂昌行中。

叶四姑的三女死后，她看到阿玉不得不独身，便抽空教阿玉识字。她告诉才十八岁的阿玉，一个女人真要一辈子只靠自己生活，就得识字，有文化。她教阿玉识字，记账，看医书，认识草药，用柚子皮治风热。

我不知在睡前听过多少次她的传奇，直到我决定要到平乐去，还不知道她的名字叫叶四姑。

3 月 19 日我去养老院，跟阿玉说，我要去平乐，我会帮她和莲生去给她妈妈和外婆扫墓，烧纸钱，因为清明就要到了。阿玉离开平乐后的五十四年中，再也没为她们扫过墓。

阿玉坐在床上，告诉我说，应该要一边烧纸钱，一边叫她妈妈和外婆的名字，喊她们过来拿。

阿玉身边的小姐妹手脚灵便，为我拿来纸、笔，记下她们的名字。

阿玉说，她妈妈叫王粤贞，她外婆叫叶四姑。

正说着，她的脸色突然变了。她定神在那里，好像在听什么，又好像魂不守舍。随后，她的眼睛闭了下来，不说话，也不动，脸色渐渐转黄，好像上了一层蜡。

我以为她在想她们名字的写法。其实，那时她右脑的血管破裂了。

她的反应变得很迟钝，但神志仍旧清醒。

阿玉重复了好几遍，妈妈叫王粤贞，外婆叫叶四姑。这是我第一次知道阿玉的妈妈和外婆的名字。

晚餐来了，她吃了不少虾。这是她最后一餐吃正常的饭菜。第二天，阿玉就被送进医院，从此只能吃糊状物了。

叶四姑，叶家的第四个姑娘。阿玉最后为我解释了她外婆名字的来历。她脑子里的小血管正缓缓地流出一点一滴的血，她在混沌之中最后一次向我说起她外婆的故事。

“她要我认字。”

“但是我做手工太忙了，没认得多少字。”

“她教了我的呀，我都忘记了。”

阿玉好像一头跌进浩瀚的往事中，缓慢地说着，还摇了摇头。

那时，阿玉同她外婆一样，脑子里渗出鲜血，形成一个血肿。

都是在春天。

说起来，好像个故事一样。

阿玉外婆叶四姑六十七岁时的照片。

叶四姑在表叔家的堂屋正墙上看着我。

她有一对大眼睛，看上去并不像一个血统上的满族人。她真实的姓氏是叶赫那拉——叶赫城的太阳氏。她家从吉林梨树县一路迁徙到北回归线。在平乐家中保留的家谱里，我才知道叶四姑出身清朝贵族。有一说，是她父亲在广东钦州做官，那不耐热的北方人，竟生生被热死了。父亲死了，家散了。另一说，则是她父亲犯了事，被抄家，家就散了。这户叶赫那拉家的第四个女儿也代行母职，将弟弟带大。这个弟弟是弱智，一辈子跟着姐姐，姐姐死了，就跟着侄子，一直活到日本人来。

到了民国时，叶赫那拉氏改姓了叶。

平乐大街上，没人知道“老娘”的底细。也没人细想过，为什么同治年间出生的贫穷女人会识字。

阿玉和莲生也一直不知道他们外婆的来历，只知道她是个坚强而且忠厚的老人，穷困、聪明，为街坊邻居的孩子诊病从不要钱，整个大街上的人，都尊她为“老娘”。

我小时候把叶四姑的故事当成观音菩萨的故事来听。现在我才体会到，叶四姑是阿玉的精神榜样。晚年时，阿玉一直以能靠自己的一双手为生而自豪，为自己一生中能照顾弟弟、侄子、侄女，到侄孙、侄外孙女等六个小孩长大而自豪。在病床上，她再次说起叶四姑，就举着自己因为风湿而手指变形的双手，说：“我外婆当时不跟我外公回江西老家去做小，她说，‘我也有一双手，不用靠别人’。”这时，叶四姑当年说的话，也就是阿玉的心里话。

从平乐回来后，我还没时间给阿玉看这些照片。我怕没有时间了。所以，这天上午，我将放大的照片带到了病房。

叶四姑也死于中风。阿玉为她送终，外婆因为阿玉的父亲在桂林没有赶回来而流下眼泪，外婆想要嘱咐他不要亏待了他自己的孩子。阿玉为外婆擦了泪，听到外婆咽气的声音。

4 月 4 日上午，阿玉身上到处插着管子。一根氧气管，一根鼻饲管，一根缓慢滴注的静脉输液管，一根正常速度滴注的静脉输液管，一根导尿管，还有一堆花花绿绿的监护仪的电线，分别测试她的心跳、血压、血液中的含氧量，一旁还有心电图的曲线。她看上去好像一只掉进蜘蛛网的小昆虫，只有眼睛吧嗒吧嗒眨着。

我给她看照片。

阿玉因为血液循环不好而肿胀的面孔上毫无表情。

“你看这是谁？”我张开叶四姑的画像，顺口哼了一小段我自以为是《星球大战》主题曲的旋律，假装我们大家都很轻松，没什么可担心的。等唱出口，我才听出来，这根本就是贝多芬命运交响曲的音调，“哒——哒哒——哒”，是命运在敲门，不是《星球大战》。我吃惊地听着自己接着唱，“哒哒哒——哒”，不明白自己怎么就失去了控制，唱出了真实的心中所思，而不是无奈的矫饰。

我想，好在阿玉不知道贝多芬，不知道这曲调意味着命运在敲门。

“这是我。”阿玉看了一眼照片，说。

“这是你外婆呀。”我纠正。

“是我。”阿玉再次说。

叶四姑曾是阿玉的精神母亲，现在她与她合二为一。

“我看见我外婆了。”阿玉突然说。

“嗳？”

“我外婆是一只鸟。今天早晨她又来了。”阿玉瞪大眼睛。

这是十二楼，楼下是个花岗岩铺起来的小广场，没有树。

“天大亮了，旁边的人都没醒，我醒了，听见我外婆在外面叫。”阿玉说。

“你怎么知道那只鸟就是你外婆？”我问。

“在平乐她也来过呀。我知道它就是外婆变的。”

“她不放心你，来看你好不好。”我说。

“哎。”阿玉点头同意。

“那你跟她说什么了？”我问。

“我跟她招招手。”阿玉说，“后来阿姨起床来，把她轰走了。嫌她吵。”

“你怕吗？”我问。

“不怕。”阿玉说，“这是外婆啊。”

我将自己的头靠近阿玉的身体，闻到她身上散发着抗生素从汗腺排出产生的陌生气味。我非常任性地想，要是她还能像我小时候那样抱我一下，就好了。那么，她外婆要来接她走了？

但是阿姨说，阿玉夜里吵得很。家里人陪着的时候，她就睡觉。家里人一走，她就不睡了，要喝水，要小便，要大便，要吃东西，其实都不是，她就是不愿意让阿姨去睡觉。阿姨告诉她，自己就睡在床后，但阿玉还是一看不见她就吵。喊不动了，她就摇床架子，摇得哗哗响。最后她对阿姨说：“你一定要等我死透了，再拿出去烧，要不然我会疼。”阿姨向她解释了无数遍，这里是医院，不是太平间，更不是火葬场，可阿玉就是不信。最后，阿姨答应她一定不送她去太平间，可她还是吵，就不让阿姨去睡觉。

这一夜，从两点多一直吵到四点多，天开始有些亮了，她才勉强睡去。

我听着，好像听故事一样将信将疑。在我的信念里，阿玉从来都是体贴别人的，照顾别人的。邻居欺负她多年，但那家的小孩下午放学了，肚子饿了，她都会盛一碗自家炖的肉汤给他喝。夜晚的阿玉，简直就是另外一个老太太。

“你这是为什么呀！”我不明白，“人死了，要过好几天才会火葬呢。”

阿玉看着我不说话，眼睛雪亮的。

“你怕吗？”我问阿玉。

阿玉点点头。这次，她学给我听，叶四姑咽气时，喉咙里“咔啦”一声响。我明白，她要我清楚，到底什么是咽气的声音。

“晓得了？”阿玉用力在我手背上压了压，“会咔啦响一声的。”

“晓得了。”我拉住她的手。

阿玉说，每个人都有三魂七魄，死的时候，魄随着身体就散了，但魂还留着。

阿玉晚年常常说到北京的那个四合院，那时她本来有一个机会，去做幼儿园老师，那正是国家鼓励家庭妇女出门参加工作的时候，但最终她为了照顾我们这些年幼的孩子和操持家务，放弃了工作。有时我想，如果阿玉成为一个幼儿园老师，大概就会有机会建立自己的生活，甚至自己的家庭。

但她就不会一生这样简单和宁静了。

第三章

她既得不到理性的力量使她冷静，也得不到信仰的保护和安慰使她安宁。她躲避那些心灵深处坍塌的东西，直到被逼到面前，无处可躲。

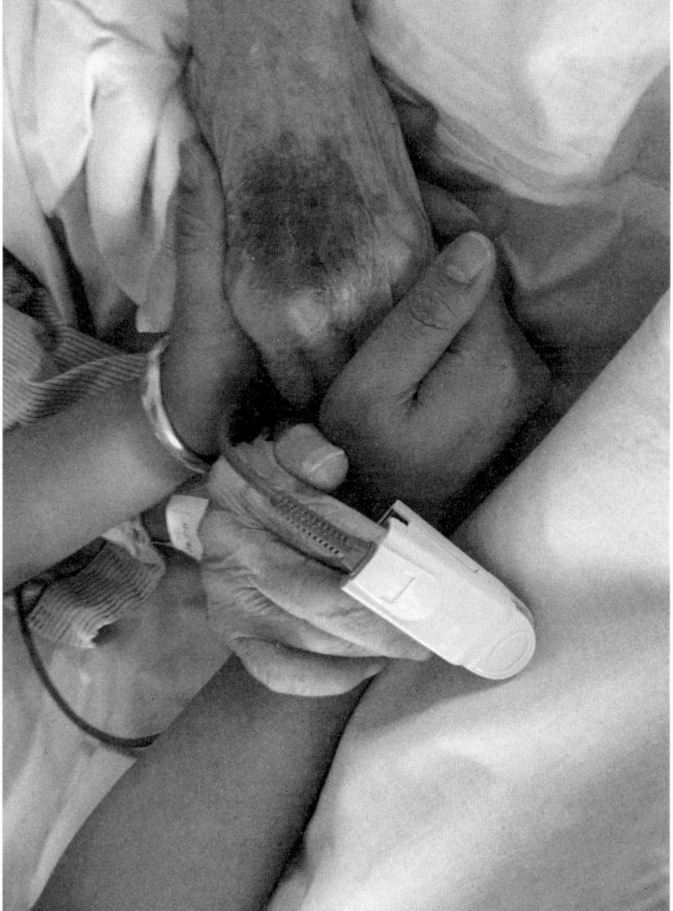

阿玉远远就看见我了，向我招手。

她说：“出事了！”

昨天晚上哥哥和嫂子走后，有个人爬到她床上，站在床中央。“穿黑衣服的，好奇怪，他一站直，嚇，好高！一直碰到那里。”阿玉指着天花板上的灯，给我比画那个黑衣人的高度，“怎么有这么高的人！”

“大概是工人来修电灯。”我很疑惑。

“他站在我的床中央。”阿玉悻悻然，指着她双腿中间的空隙。

“踩到你了？”我摸摸她的双腿，心突突地跳着，又疑惑又惊骇——阿玉莫不是错乱了？

她摇头。

“突然，那个黑衣服的人又弯下身来，变得很小，看不见。”阿玉说，“那男人站到我床上来干什么？”她满是皱纹的脸上浮现出处女的警觉与敌意，眉毛高高扬起。

“你是做梦的吧。发高烧的时候，每个人都会有幻觉，就是做梦的呀。”我说。

阿玉否认自己在做梦。“那人穿着一身黑衣服，是个男人。”她强调说，眼睛里闪过一线奇怪的雪亮的光。

“我没跟他说话，就假装咳嗽了一声。我不能吓到他，你说对吧。我就咳嗽一声，警告他。他听见我咳嗽，往下一跳，就不见了。”

“你倒不叫阿姨？”我真是被她搞糊涂了。阿玉叹了口气：“叫她不应呀。”

阿姨说，阿玉晚上吵得更凶。她浑身插满了管子，又刚刚中风，左边手脚都不灵便，却不知哪里来了那么大的力气，半夜突然翻身从床上爬了起来。

阿姨赶紧过去，看见她竟然将自己身上的衣服都脱了下来，赤身裸体地靠在枕头上。

看到阿姨来了，阿玉问什么时候去洗澡。

阿姨哭笑不得。在这深更半夜里，哪里会要洗什么澡呀！

阿玉两眼紧紧盯住阿姨，不让她骗自己，也不让她偷懒。阿玉说：“不是别人都要洗干净才去烧的吗？我都自己把衣服脱好了。”

我赶紧翻开阿玉的衣袖，她胳膊上有根负压的针埋在极其脆弱的静脉里。平时给她擦洗、帮她翻身时，大家都小心翼翼的，就怕碰坏了它，又毁了一根能埋针的血管。

果然，那根针已经不见了。埋针的地方有一大块乌青，还贴着一块止血用的橡皮膏。护士已经将它抽走了，针一定是被阿玉动坏了。

阿玉拉住我的手。她的手关节突出，虽然已有十年未做任何家务，但还是粗糙，还是体贴，好像一块热毛巾。小时候我发高烧，由于静脉太细，被护士戳了一针又一针时，她就这样拉着我。小时候我为不得不吃我最痛恨的粉红色咳嗽药水而哭泣时，她也这样拉着我。阿玉总是做噩梦，在梦中用平乐话哭喊不已，每次都是我被吵醒，再将她推醒，那时我这样拉着她。还有今天，我也这样拉着她。

阿玉难道害怕我们这些她全心全意照顾过的孩子会遗弃她吗？

那个跳到阿玉两腿之间的黑衣人，就是中国鬼故事中的黑无常吧，那个取人阴魂的鬼，我在民间小庙里有时能看见他的塑像。鬼故事里说，黑无常高至两米以上，瘦而僵直，取人阴魂。与他同行的，是穿白衣的白无常，他散人阳魄。

阿玉看见来取她魂灵的黑无常，知道自己活不成了。

所以阿玉自己脱好衣服，等最后洗一次澡，收拾停当了，就去火葬。

我真没想到她心中有这样的千头万绪。

“你怕吗？”我问她。

她点点头。

我握紧她的手，告诉她，如果她走了，一定是去天堂。

我告诉她，像她这么好的一个人，一辈子都忍让，都克己，她这么苦的一个人，一辈子没享受过普通人的人生乐趣，要是这样的人死后不去天堂，还有谁能去天堂？在她离开尘世时，要是没有仙乐飘飘，天使相随，在我看来，这个世界就丧失了天经地义。

“要是这世界上有西方极乐世界，你就是去那里。如果这世界上有天堂，那就是去天堂。要是你不能活，你肯定会看到天堂。”我很肯定地对阿玉说。

阿玉双眼发出雪亮的光，她紧紧拉着我的手，她说：“我早就不信了。你知道那些菩萨，被打翻在地上，原来他们就是一堆烂木头来的。”

阿玉可是吃了一辈子长斋。不吃葱，不吃洋葱，不吃鸡蛋，不吃韭菜和大蒜，当然更不吃所有活物，包括冬虫夏草。

她小时候跟着母亲初一和十五吃斋，去大街上的天后宫进香。平日每天早晨起床，洗漱后第一件事就是给菩萨上香。母亲去世后，她就不再进香了，她说那些香火钱都浪费了。她通过自己生活的悲剧，深深体会到，世上没有菩萨。要是有菩萨，他们不会让母亲死，让外婆死，让父亲娶后娘，让大弟弟一去无踪影。多少年来，她的小针线摊子就摆在小庙门外，天天都面对着菩萨。但菩萨们看着她耳朵烂了、聋了，眼睛红了、肿了，被父亲遗弃，被后娘赶出门去，大辫子渐渐花白了，却从未显过一次灵，未救过苦，未救过难。

她不能信。

中华人民共和国成立后，人们破除迷信，阿玉看到天后庙里被推倒在地的菩萨，原来就是一堆烂木头，烂木头里还飞出了白蚂蚁。阿玉说起这些总是如释重负，她“哎哟哟”地惊叹着，终于明白不是菩萨不救她，而是菩萨连自己也救不了。

对阿玉来说这真是安慰。对善良弱小的人来说，了解菩萨的无能，比了解菩萨的无情要受用得多。

小时候，我怕鬼。她给我讲菩萨就是一堆烂木头，我一直以为，这也就是阿玉版本的“不怕鬼的故事”而已，政治正确而已。

后来长大，我懂事了，才体会到，在阿玉心中，世界上没有菩萨，就没有小鬼。没有菩萨和小鬼，就没有天堂和地狱。没有天堂和地狱，也就没有善报和恶报。对菩萨失望了，阿玉的世界就跟着塌了下来。她仍旧吃着长斋，行着善事，在夜里打坐冥想。这一切都不是因为菩萨，而是因为她不知道还有什么别的方式生活下去。她原先的世界里，菩萨坐在中央，一切运行有序。菩萨倒了，她的世界就围绕着菩萨留下的樊篱运行着，但死亡使她世界的平衡变得不堪一击。

失去了对菩萨的信仰，并不能让阿玉成为一个无神论者。她既不是一个唯物主义者，也不是一个唯心主义者。她只是孤立无援的一个人。

我以为失去了信仰，人就会变成一个凡人，在火热的尘世里打滚，什么也不吝惜。但阿玉并不是这样。看上去，她的世界观还保持着原样，只是世界的中心没有了菩萨，它被白蚂蚁蛀掉了。病重了，看到死亡的阴影了，阿玉心中无法安宁，所以夜夜都无法安眠。她的问题很简单：在人间，她倚靠我们，离开人间后，谁来帮助她？

我回平乐，特地去找阿玉小时候吃斋念佛的小庙，它还在大街上。

我找到那个小庙时正是黄昏，北回归线上的阳光一派金红，斜斜地透过繁茂的大榕树，照亮整个佛堂。

如今庙里安置着十二尊小佛，他们都出自乡野中一个九十多岁的老妇人之手。那些小佛四平八稳地站在花花绿绿的神龛里，老妇人为他们画了红堂堂的脸，长长的眉眼，还有满足的微笑，个个都安适喜乐。

我在文殊菩萨前放下背包，在观音菩萨面前的蒲团上跪下，拜了拜。她是位面容红润的妇人，披着披风，拿着一枝修长的莲花。

我看见释迦牟尼，他满头黑发，长着一双可爱的大耳朵，稳稳地站在一朵莲上。我还看见穿粉绿袍子的送子观音，手上抱着一个小婴儿。我帮阿玉和她的母亲、外婆一一拜过，一一奉献，她们都长长久久没来过这里了。我合掌，磕头，眺望他们宁静的笑脸，觉得他们就是在我长辈们心中长住着的神灵，我的太婆、我的奶奶、我的姑妈。

那是 3 月 25 日，我到平乐的当天下午。当我在那座小庙里翻看天后娘娘殿上的解签书，夕阳暖烘烘地晒着我裸露在外的膝盖和脚踝时，阿玉正在上海的病床上喊冷。右脑的血肿开始吸收，她发烧了。

平乐街上这间简朴欢快的小庙，寄托了人们赤诚而单纯的信仰，散发出甘美的气息。大家无欲无求，只是一味信赖。

在离阿玉出生的房子只有五间门面的小庙里，我曾舒服得像一根在水中飘飘摇摇成长的水草。我一厢情愿地想象，这是属于阿玉的小庙，夕阳里微微笑着的，是阿玉做的小木佛。条案上花花绿绿围起的，是阿玉千针万线绣成的莲花、寿桃和万字符，还有四个大字：金玉满堂。在我出嫁前，阿玉每天晚上还是在上半夜打坐。她说，打坐是化解，躺下只是睡了。睡着了，有时会有噩梦。而打坐，心中会舒服，会清，然后纯净。阿玉说的“纯净”，是她对一样事物最高的称赞。我以为阿玉说是不信了，心里还是有信仰的。

现在我才知道，我想错了。

阿玉是真的不信了。

垂死将不信的阿玉推入绝境，她知道人死后没有天堂可去，她还知道人死后灵魂仍有感觉，好像一分为二的凤尾竹。她确信没有菩萨能保证世上终是善有善报，恶有恶报，这样说来，也不会有菩萨引你度过苦海，却有火葬的烈焰迫在眉睫。在这急迫的时刻，她既得不到理性的力量使她冷静，也得不到信仰的保护和安慰使她安宁。她躲避那些心灵深处坍塌的东西，直到被逼到面前，无处可躲。

所以阿玉眼中那雪亮的光充满了焦虑、恐惧、犹疑、警觉，是半疯狂的。

阿玉她紧紧地拉着我，在上海的医院里。

她已远远地离开了平乐。

与哥哥换班后，我找到医院附近的希尔顿酒店，进去喝了一杯热咖啡。阴霾的下午，从医院出来，我只想找个十全十美的乏味之处坐下，喝一口滚烫喷香的东西，熟悉的口味，洁白的瓷杯子，什么也不用操心。

当看到咖啡桌上像假花一样完美的真花在清水中开放，看到咖啡厅旁边的男装铺子里，平整漂亮的衬衣摊放在桌上，没因为穿在一个不匀称的身体上而走样，看到砂糖在滚烫的咖啡中来不及沉下去，就溶化成一些透明的小水滴，我似乎得到了某些安慰，渐渐放松下来。

这时，阿玉那雪亮的眼神浮现在我眼前。它为什么让我觉得如此熟悉呢？我想起在写《慢船去中国》的时候，我去精神病医院收集素材，在那里见到的精神病人的眼神。

原来走向死亡，即使在一个九十六岁的老人心中，也能激起这样大的震惊和恐惧。原来一个人，即使已经九十六岁了，当她滑向死亡时，如何安顿自己，仍是一个大问题。

黄昏到来，大堂处处的台灯，像温暖的泪滴一样散发橙色的光芒。电话里哥哥的声音让我想起堂·吉诃德。他说，他已决定今夜留在医院里陪阿玉过夜。他怀疑阿玉的精神已失去控制，因为她那雪亮的眼神，实在太像他在部队当政委时处理过的一个突发精神病的小战士的眼神了。他想看看，夜里的病房里到底发生了什么。

第二天，哥哥说，他不得不整夜都站在阿玉床头。阿玉的确睡不安稳，她每隔二十分钟左右就会突然睁开眼睛，好像被什么惊醒了。看到哥哥在，她就接着睡。只要哥哥坐下了，她睁开眼睛看不到他，她就摇床架，就呻吟，就咳嗽，就叫喊。

她的眼睛在深夜幽暗中荧荧闪烁，发出半疯狂的、雪亮而锐利的光芒。

第三天，阿玉央求哥哥再陪她一晚。哥哥仍旧整夜都只能站在她一睁开眼睛就能看到的地方。到下半夜，哥哥必须握着她的手，她才能安静下来。待黎明到来，她确定自己不在太平间里，就放心睡了。哥哥这才能坐下。

这天下午，阿玉又跟我说到了死。她说，自己真的不要把我们都拖病了再死。

她的眼睛里蒙了一层薄薄的泪水，它们将她的双眼都逼红了。她在对我们的怜惜和对死的恐惧中间走投无路，这两样，都是她的本能，都同样强大。

小时候，她曾告诉我说，遇到什么伤心的事，就去好好睡一觉。睡着了，就好像死去了一样，什么都不知道了。

"你一定要好好睡觉呀。"我对阿玉说，"睡着了，就什么也不知道了。"

她的脸突然缩小得好像一团揉皱的纸团，纵横着千万条皱纹。"我睡不着。"她说。

米沃什在《旧金山海湾景象》里谈论过对宗教虔诚的问题。只能虔诚的人是天生的，无法虔诚的人也是天生的。那么，阿玉就应该是个天生虔诚的人。不识字，与世无争，甚至宣称自己已经不信了。就是这样一个人，在生命的光亮渐渐黯淡时，她心中巨大的恐惧不是死之将近，而是终于需要面对信仰留下的黑洞——不信对她而言可不好对付。

莲生也在同一家医院里住很久了。那段日子，我常常是先去阿玉的病房，然后再去看看莲生。遇到莲生精神尚可的时候，也跟他说说阿玉的情况。大多数时间，莲生都淡淡地一笑，他原谅姐姐未曾读书识字带来的混乱。有一次他说："我是唯物主义者，等我到了最后一步，就不会怕。"

"如果有灵魂，我的灵魂去见马克思。"莲生说。

嫂嫂天天都去看望阿玉。买来河虾用盐水煮了，剥了壳，去了头尾，用牙签插好，送去给阿玉。阿玉身上浮肿，因为缺乏蛋白质，营养不够。她不得不开了荤。

过了九十年，阿玉开荤。

我做了瘦肉莲藕汤给阿玉吃。她从小就做这款汤水给莲生吃，说是它最为清补。我也一路从小吃到大，有了太阳后，只要到了出莲藕的季节，太阳也常吃这汤。现在，阿玉终于也吃到了。我心里觉得，这一天，我为阿玉向命运讨回了一点点公平，但阿玉不动声色地吃着肉汤，面上看不出一丝波动。

后来，阿玉就吃清蒸鱼、虾、鸡汤、鱼汤、炖蛋这几样。

阿玉说，嫂嫂嫁来我家时，她已去住养老院，一天未照顾过嫂嫂。现在我们来照顾她，是回报她给我们的恩。而嫂嫂也来照料她，说明嫂嫂就是个单纯的好人。阿玉说，等自己病好了后，也要报答嫂嫂。

我劝阿玉放宽心，嫂嫂这是帮着哥哥。

阿玉坚持说，就算夫妻间帮忙，也要别人情愿做。

嫂嫂说，该给阿玉准备好后事。嫂嫂照料过她母亲过世，她外婆过世，她是过来人。她说，小辈心里纵有千般万般的不相信、不接受、不愿意，也要准备好后事。

当然，她是对的。

但心中真是一片冰凉。

嫂嫂说，要是给阿玉准备好寿衣，也许她的心就能安许多了。就好像一个人要出远门，先把箱子给她收拾好了，她就会感到安心一样的道理。嫂嫂觉得阿玉的怕，跟一个人出远门没盘缠是一样的道理。嫂嫂还说，寿衣什么的，拿来就要放在她的病床下面，让她摸得到。

我不知道这能不能安抚阿玉的焦虑，但我要去试一试。

我们俩按照一个抄在小纸片上的寿衣店地址，在老城厢曲里拐弯的老街上，踩着满地雨水找了过去。

寿衣店在一个湿漉漉的街角上，弥漫着一股阴笃笃的香火气味。

买寿衣原来也有一套套的规矩。听说阿玉这样高寿，寿衣店的店员转身就取出一个通红的大包裹，在柜台上打开。大红包裹里，有一件红缎子棉袄、一件红缎子夹袄、一件红缎子褂子、一条红缎子棉裤、一条红缎子夹裤、一条红缎子单裤，这叫作“三领三腰”。一只黄色绣花的元宝枕、一条橘黄色的织锦缎垫被和一条淡黄色的织锦缎盖被。还有一双红色的绣花鞋。红彤彤、金灿灿的，铺得满柜台都是。一眼看上去，好像这是给新娘置办的嫁衣。

我结婚前，母亲也给我准备了一堆红被面、红棉袄，也是这样铺得满室通红。

店员解释说:“这就是喜葬的意思啊，就好像送她去出嫁。”

只是衣服太肥大。

店员解释说:“这是因为人死去后，很快就僵硬了，活人穿合身的衣服，死人可穿不上去。”

鞋底也太薄了。

店员又解释说:“只是送她上路，不是真正用来走路的鞋啊。”

被子太窄小。

店员再解释说:“你是用来送葬的，不是真的用，明白了吧。”

明白了。

不过，这一大包东西里，只有棉布的白色内衣裤，看上去能与阿玉相配。九十六岁的处女，白色棉布应该最是相配。

店员告诉我，那棉布内衣，只是为了火化时，不会将化纤烧不化的污渍沾在骨灰上。

我为阿玉挑了幅深红底子上用蓝丝线和黄丝线织成万

福符的缎子，它更秀气些。我没想到，自己能为阿玉准备喜葬的大红袍，好像为她准备新嫁的礼服。

嫂嫂也在一边帮着，拿着大红袍与被子、鞋子比，看颜色配不配，再想跟阿玉满头的白发合不合。我们和店员商量着尺寸，讲着价钱，气氛变得轻松起来。

阿玉这辈子没穿过红衣服。这是第一次她担当起了这一身大红。

“喏，袜子！”店员最后奉送一双白纱袜给我们。一时间，我们大家似乎都忘记了这是寿衣店，帮阿玉置办整齐了所有的东西，还有一双洁白的附赠品。似乎有种重新开始的愉快自心中浮现。

店员建议我们要买些有“万寿”字样的瓷碗、瓷调羹准备着，在阿玉葬礼后分给小辈们，意思是把阿玉的福气分给大家。

我突然想起，我出嫁时，阿玉在雨夜到我自己的家里来，带着一只双耳小锅。她这一生异常节省，经年累月地，偷偷在自己床底下储蓄烘干的锅巴和加生姜熬透的花生油。床底下塞不下了，她就将床架子垫高。当年，她就是夜里从那么高的床上跌下来，才在地板上跌断了股骨。

我在她的单人床底下找到五十多个大大小小装满了油、用莲生香烟壳里的锡纸包起来的瓶子，还有几十个大大小小的饼干听，里面装着锅巴。她总是害怕有一天大家都离开她，她就又吃不上饭了。这种恐惧根深蒂固，谁劝说都没有用。

即使这样，她还拿出钱来，为我买了一口小铝锅做嫁妆。

那口小锅早就用烂了，那些坏了的食用油和锅巴也早已丢弃。现在，我为阿玉买许多福寿碗，留着葬礼后分给大家作福分。按照店员的说法，给老人准备喜葬的东西，与给新娘准备嫁妆是一样有福的。

嫂嫂说："你知道吗，医院整个十二楼都知道阿玉。大家都说这个老太太福气好。"

我不能相信。

"人家都说，纵是有亲生儿女的老人，晚景都不如阿玉。侄儿、侄女天天都来看望，来陪，出钱出力，谁也没有二话。"嫂嫂说。

在我看来，这福气，真是她苦了一生才换来的。

嫂嫂说："其实无论哪个要死去的人，都有让亲人怜惜不舍的理由。我妈妈四十岁时得癌症，苦头吃尽才走。她又哪里过到了好日子。”

嫂嫂说：“佛教里说，人生即是苦海，这话真是一点不错。但是活着的人却不能想这么多，想这么透，只能好好地活过每一天。”

一个人心智的成长，有时大概就是要经历亲人的故去才能获得。

我和嫂嫂一人抱了一大包东西，离开老城厢回家。

抱着那柔软但也散发着一股陈宿香火气味的大红袍，我只希望自己这是走在七十八年前的平乐老街上。我只希望自己经过天后宫的青石台阶，经过叶四姑家那水绿漆色的大门，再经过泰和行。褐色木头浮雕的店招下，是一间萧条幽暗的杂货铺，卖过黄釉的大瓦缸，我经过半条大街，去给十八岁的阿玉送嫁妆。

我希望看到阿玉正靠在她家门边泛出水渍的白墙上，大辫子又黑又粗。她就是一个南方寻常人家的待嫁姑娘。

这时，我突然想起，莲生回忆录中写到过，他们的父母其实早几年就已经靠借贷生活了。如果这是真的，也许这也是阿玉十八岁时尚未说人家的原因——他们没钱为她置办嫁妆。莲生和阿玉的外公，不就是因为无力承担八个女儿的嫁妆费用，连染坊铺子都败了，自己索性撂下一个家，回江西老家自顾自终老去了。那个时代，穷人家的女儿是赔钱货。

阿玉一生都不曾与任何一个男人有过任何瓜葛，哪怕是虚拟的都没有。我一路假装是为阿玉送嫁衣，但想象不出来，她嫁的人会有怎样的面目和身材。

我突然想起自己在1990年写的一篇关于阿玉的小散文《谜一样的姑妈》。那年我结婚生子，享受着成年女子的生活，不肯相信阿玉一辈子都没与任何一个男人有过瓜葛。我猜想，她至少应该有过一段惊心动魄的爱情，它没成正果。她是宁为玉碎，不为瓦全，或者是个贞节女子，于是便断然独身。我猜想她现在什么也不说，可说不定心中是个怎样执拗的人，拥有着怎样了不起的伟大爱情。那时我为了不肯承认爱情会死亡而奋起抗争，更不能相信我眼前就有一个人，一辈子别说爱情，连人家都没说，就这样到老。

那篇文章发表在报纸上，又收进书中。莲生读到了，来告诉我谜底:“就是因为我妈死了，我爸离开家去躲债，家里没人为她张罗婚事，又有小弟弟绊住手脚，几年下来，就耽误了。这根本就不是什么谜，而是旧式妇女的悲剧。”

那时的我，怎么也不能相信阿玉的一生真是这样过来的。直到在平乐的天后宫门口，我望着从前阿玉摆小针线摊的那块空地，黄昏时，那里坐着一小团金红色的阳光，看得见，摸不着，无依无靠。那会儿我突然信了。大街上夕阳重重，但却是那样凄凉。这是阿玉的大街。

给阿玉买的红绣鞋和大红袍，真是买得太迟。而且，大红袍太大，红绣鞋的鞋底太薄。

我只庆幸一点，虽然我回平乐很迟，但终于是在阿玉还活着的时候回去了，因此现在我能想象自己如何走在1932年的那条大街上。我想象阿玉穿戴起来的样子，红彤彤的一个人，白净丰满，没有一点点荤腥气，她仰面躺在幽暗的屋子里。

可是，这情形，与其说像新嫁娘，不如说更像一个古老的牺牲。

这样的命运，如果没有信仰支撑，怕是要难许多许多吧。我一路走着，一路为自己在享受爱情时不理解阿玉的命运羞愧，一路为自己没能更温柔地对待过阿玉羞愧。我从出生回到家的那一刻开始，就跟着阿玉长大，在我心里她就是母亲。我万里行世界，而阿玉一生从未有过一次出门去“耍”。我享受过美好的爱情，阿玉从未有过。现在我有个健康灵活的身体，可以做许多种运动，小时候几乎每个冬天的早晨都能喝到阿玉炖的人参汤。我得到了阿玉毫无保留的爱，有时像祖母的爱那样宽容，有时像母亲的爱那样充满热忱的期待，可是我不能说我准确地将自己的爱传达给了她，被遗弃的恐惧始终都活生生地扎根在她心中。

回到医院，我问阿玉要不要看看自己的漂亮寿衣。

阿玉摇头不要看。迎头浇来一盆凉水般，她说：“不要花钱弄那些迷信，那都是没用的。我妈从前那么节省，省下吃饭的钱供菩萨，有什么用啊。”

阿玉嫌我们做那些无用的事，浪费了来陪她的时间。她说：“什么都不如晚上你们就在这里陪我。”

她并不愿意看我们脸上悻悻的样子，转过身去，搭在肩上的手动了动，伸起一根食指，闷声说：“你们也不要一起来，每次来一个人就够了。”

我将双手插到她被子里摸了摸。这些天她一直腹泻，自己都感觉不到就拉了出来。

她没穿裤子，像病房里所有的重病人一样。不过，她在被子里悄悄用一只袜子堵着私处，就怕阿姨查她有没有大便时，不像家里人那样耐心，会一下子掀开被子。那只袜子原先是用来给她套手的。晚上阿姨睡前，用袜子套住她的手，怕她睡得糊涂了，会抓掉鼻饲管或者氧气管。这袜子前些天就找不到了。

原来在这里。

她的手正盖在袜子上，护着它。

我要将脏袜子抽出来，她强了强，终于放了手。

袜子湿漉漉的，黄渍斑斑，几乎要滴下来。

由于阿玉肺部的炎症总也得不到控制，医生用的抗生素越来越强，她肠道的菌群被大量杀死，她已经腹泻了好多天。即使用思密达压着，有时大便还是止不住，像水似的流出来，流得被子里到处都是。即使这样，阿玉也总是将手伸进被子里，把私处遮盖好，再叫人来换洗。

所以她常常摸了一手黄褐，又擦得四处都是。

每次掀开她的被子前，她都一次次地吩咐："拉上帘子，拉上窗帘，关上门。"她胸腔里有不少积液，所以她的声音微弱而表浅，像小孩子的声音。每次为她擦洗都得两个人一起搬动，一起换她身下的尿垫。即使这样忙乱，她也总是紧紧抓住被单，用它左遮右挡。所以每次，阿姨和我总得一边不停地拉走她手中的脏被单，一边不停地宣告:“没人，没人。”

这次是用袜子。

上次是用一小块被揉碎的纸巾。

还有一把小团扇。

以及一块擦汗用的小方毛巾。

果然又拉得到处都是了。由于阿玉用袜子堵着私处，所以导尿管上也都是溏稀的黄水。

阿姨来为她换洗。阿玉一边“哎呀，哎呀”叫着痛，一边不停嘴地吩咐要“关门，关上门”。

“这里都是女人，没有男人在。”隔壁床上老太太的女儿见她喊得辛苦，忍不住安慰她一句。

她并不答话，只是接着喊:“拉上帘子，拉上帘子。”

我知道阿玉对“女人”这个词不以为然。

太阳小时候，曾经告诉阿玉，有一次我和她一起游完泳，如何在更衣间洗澡。她说，我们两个女人一起洗的。

阿玉马上郑重其事地纠正她："太阳是女孩，你妈才是女人。"太阳渐渐长大后，她开始规劝太阳不要嫁人，像我少女时代她规劝我时一样。在阿玉心目中，女人无法与处女相提并论。

阿玉对自己的身体非常郑重其事。也许这是因为她的身体从未在别人面前暴露过，也从未作为生育的工具被使用过。这个身体虽然已经毁坏，但它仍像一件未拆封的物品那样完整，甚至神秘。

阿姨拿开脏毛巾去过水，阿玉马上将自己的双手交叉挡在私处，这是她最后的，谁也拿不掉的唯一遮盖物了。

这是夏娃出伊甸园时的古老姿势。

阿玉一生的禁忌，一件被一盅瘦肉莲藕汤破了，一件仍被一只脏棉袜子护卫着。我想起来米沃什在他的散文里谈及的虔诚。大概虔诚的品质真不是一种可以靠后天习得的道德能力，而是一种约束自己的天赋能力。米沃什说，要是他获得这种能力，会很感恩。但从阿玉的经历，我却发现这种天赋能力带来的痛苦。就像阿玉一直用广西话说的那个词：纯净。

人世间，也许虔诚就是一种纯净的痛苦。

哥哥陪了几夜，累出小肠疝气，不能来医院了。

阿玉听说后，皱起眉头，抱怨哥哥不该还去上班。“他从小就营养不好，又去当兵。他就应该不要上班了，在家里专心服侍老人，把自己的身体养好。以前他在家里的时候，就是看书，一下午一动不动地看书。要不是我把苹果洗干净了，送到他桌上，他就不会来厨房找东西吃。就算把苹果洗干净了，送去了，还要催他吃。他还忘了吃。告诉他吃了再看，他说看够了再吃。你说这个人，看书还有看够的吗？哎呀。”

“当兵把他身体搞坏了。”阿玉说。

“就是累的。”我觉得她说得不对，“你要是能不让他站着陪你，就没这些事。”

“我没要他站着陪我，我让他回去睡一个小时，再来看看我，再回去睡一个小时。”阿玉说，“我没让他不睡觉。”

“他家那么远，怎么可能一个小时来，一个小时去的呀！”

阿玉真是让人哭笑不得。从前她最怕麻烦别人，最心疼她自己带大的孩子们，如今她竟顾不得这些了。

她心中那个恐惧的黑洞太大了，现在只能靠亲人来缓解恐惧。

可我们相继垮下来了。

我与她好好商量:“你看，小哥哥、小嫂嫂都是一大清早，七点钟就到医院来了。我九点多也一定来接他们的班，直到下午你睡午觉才走。接下来，他们晚上吃完晚饭又回来了，陪到你晚上输完液，睡了，才走。这还不算陪护的阿姨。阿姨天天晚上都睡在你床边上，一叫就起来了。而且，你用的是导尿管、鼻饲管，要说起来，还真没有要紧的事。晚上你就让我们大家回去睡觉，白天能保证照顾你，找医生，找药，你说好不好？”

阿玉用力拉下眼皮，闷声说:“给我揉揉腿，我要睡觉了。”

她就转过头去了。

被子里，她的左腿歪着。1998年她摔坏了左腿的股骨头，她骨头里的钙含量很低，医生不敢给她动手术。她在床上躺了半年，后来，虽然左腿短了一截，却也慢慢能扶着助步器走两步，去阳台晒晒太阳，或者去养老院的花园里站站了。这次，左边又麻痹了，左腿很疼。我摸到她的左腿，这条腿上的肌肉大多萎缩了，只剩下大把的皮肤披披挂挂。膝盖骨像棒槌一样鼓出来，变得形状丑陋。

再摸到她脚底一块块纹路生硬的老茧，摸到天长日久在木屐上压扁了的脚趾边缘的老茧，它们如今只是一种纪念品了。我摸到另一只袜子，不过她已经预先将它握在手里了。

我知道她没睡着，她只是不想我再说出什么她不想听的话来。但她又怕自己真睡着了，我会离开医院。有时我这么做，就是想透口气，去希尔顿喝点什么，感觉还有自己的生活。所以，她总让我给她揉腿。她不用睁开眼睛，就觉察得到我是不是走开了。这与晚上她要哥哥握着她的手，用的是同一种计策。

她假装不知道要是这样，我们就得一直站着。哥哥就是因为整夜都站着，才累垮了。

这些天，渐渐地我们大家都看出来阿玉的计策。她自始至终都想把阿姨辞掉，她觉得阿姨要是不来了，自家人就不得不来日夜陪伴她。她不知道自己插了鼻饲管，就连水都不能喝了，她每天都抱怨阿姨清晨不给她吃饭，饿死她了。因为消瘦，她的太阳穴凹了下去。她总是指着太阳穴说，晚上我们回家以后，阿姨把她的头打扁了。阿玉所有的目的，就是要自己家的人来陪伴，吃住都在她身边。要是遇到她无法面对的事，比如我们渐渐都已疲惫不堪了，她就闭上眼睛，说要睡觉。

要不，就睁着眼睛，说自己什么也不记得了。

阿玉闭着眼睛，那眼帘只剩下一张皮了，干燥薄脆，好像一张纸，她不动声色。我家被抄家时，她被人欺辱时，脸上总是露出如此神情——她假装自己浑然不知。

我故意停下手不动，她果然飞快地撩开眼睛。见我正看着她，她复闭上眼。

有时我真不能相信，一生都为他人着想，无私为孩子们付出的阿玉，现在会像个生病的孩子缠着大人那样任性。由于腹泻和用利尿剂消肿，全身浮肿去除后，她变得非常瘦小和干枯，在床上只是小小的一团，她真像一个小孩子。

也许这是她从未尝试过的角色，是她从我们大家的童年时代学到的任性。我六岁时在五官科医院割扁桃体，阿玉曾在我病床旁边将四只凳子搭在一起，陪我睡。那也是夏天，我的病床有蚊帐，她没有。我都不知道她有没有被蚊子咬到，只记得她喂我吃冰激凌，我因为喉咙里的伤口很痛，一边吃，一边哭。

后来医生来检查，发现我吃得太少责怪她。

她讪笑着。

“要是我能看见你们，我就活着。要是没有你们，我就不用这么辛苦地活着了。”阿玉终于睁开眼睛，恳切地看着我。

今天早晨，因为导尿管插了太长时间，护士用红汞为她清洗了尿道口。她苦不堪言，不禁咳声连连，“疼得像刀割一般”。好像再说起来，都能带起那种锐利的痛楚。不论我们说到什么，阿玉都渐渐转回到她注意的话题上去。

“我们不会不管你的，我已经告诉过你了。这些天你也能看得出来。”我说。

阿玉点点头，不过我知道，这并不是她的重点。

果然。

“看不到你们，我等于还是孤鬼一个。一个孤魂野鬼。”她伸出一根手指，举在面前，转动着，表示她的孤独，“做梦，梦到你小时候，来和我一床睡。我想摸摸你盖好被子没，满床地摸，都摸不到，我以为你掉下床去了。一吓，就醒了。我睡糊涂了，以为还是在从前。”说着，阿玉努力把身体往旁边挪了挪，说:“这铺床够两个人睡的。”

见我不说话，阿玉又说:“昨天晚上，有个又胖又高的老太太，她八十四岁，来我床边说，不是你一个人想死，我也想死。医生不给死呀。”

“她是你们病房的人？”我问。

“不是。后来阿姨来了，说，你怎么到这里来了，快走快走。他们几个人就来把她拉出门去了。她在走廊里睡。”

“没人睡在走廊上。”我反驳阿玉。

“你不知道。白天没有啊，晚上就有人睡了。”阿玉说。

“晚上我也来过看你呀，我也从没见到过。”

阿姨过来告诉我，阿玉昨天又闹了一晚。这次她爬起来，一定要把别人床上的帘子都打开。阿姨说大家都已经睡了，不能拉别人床上的帘子。阿玉就自己去拉，差点儿从自己床上翻下地去。

阿姨没办法，又不能绑阿玉，只能用带子将床架子两头拦住，将阿玉网在床上。哪知道阿玉摸摸索索，一一将带子解散开来。

阿玉说，阿姨分明是晚上将她推到走廊里去了。走廊里的帘子后面一个人也没有，只有她自己躺在床上发烧。

我说：“你又做梦了。”

“没。”阿玉说。

“这些都是不可能发生的事呀。”

阿玉也不高兴了，她说：“那只有等包公来断案了。”

我拿那八十四岁胖老太太的事来问阿姨，阿姨断然否认。她说，晚上外人根本进不了病房，别的病人也都早早休息了，不要说八十四岁的老太太了。

她自己也没从这间病房赶走过一个老太太。

阿姨想了想，又说，只有一个八十四岁的高胖老太太从前住过这里，但她早去世了。阿玉不可能见过她。

“你要再看见什么人，不要随便跟他们说话。”我告诫阿玉。

阿玉眼中闪出一道雪亮的光，我想她听明白我的意思了。

“要是你想跟他们去，你也不要怕。他们一定会带你去天堂。你一定是去天堂的。”我又说。

阿玉压低声音说：“我晓得那人不干净啊。只要你们在，他们就都不敢来。”

阿姨感叹：“我的老天爷，真没见过你家老太太这样的，这么病了，还这么大的劲，整夜都不睡。”

我问：“那别人家老太太都怎样？”

“别人病了，静静躺着就是，闹也闹不动了。”

我去找阿玉的床位医生。他礼貌地摘下蓝色口罩跟我说话。原来他是个年轻男孩，笑容还有些腼腆。

我问能不能给阿玉一点镇静剂，让她晚上能睡个安稳觉。这些天来，不光她受不了，阿姨受不了，病房里还有其他病人，别人也是病重了才住院，别人也受不了。

医生摇头，他说，阿玉的身体太弱了，要是给了镇静剂，很可能影响她的呼吸。

他伸出手来，平平地张着，告诉我，阿玉肺不好，影响心脏。心脏衰竭，供血不足，于是影响了内脏。她还缺乏蛋白质，又造成了水肿。这水肿，不光在她四肢，也在她胸腔里，挤压她肺部的空间。

他打开他的电脑，给我看阿玉的胸片。我在她的片子上看到了一根熟悉的长拉链，白白的发着光。那原是我的毛衣，带她来医院时，她叫冷，我将自己的毛衣脱了给她。阿玉缠绵在病榻上，将那毛衣磨走了形，她换下来，我们就扔了。没想到，还能在这里看到它。

医生点给我看阿玉的胸腔里，那些雾状的，就是她的胸水。

像一朵挂在胸前的大红花一般的，挂在她缩小的肺上的，是她肥大肿胀的心脏。

她的锁骨，好像一只旧时小孩子挂的长命银项圈，挂在令人窒息的瘦小胸腔上方。在莲生尚未出生时，阿玉也曾是家中的宝贝女儿，她妈妈曾给她打了一个亮晶晶的银项圈，还有一副银镯子。阿玉告诉我，小时候她又胖，皮肤又水润，镯子在胳膊上，褪也褪不下来。那时，阿玉五岁。

“你家老太太到底老了。”医生对着她这张胸片摇头。他曾想为她抽些胸水出来，暂时缓解对她心脏的压迫。但阿玉已虚弱到不能坚持那二十分钟弓背不动。她的胸水中尚留存着一些白蛋白，医生也怕将胸水抽出后，她的营养状况会更差。

要是给她补充白蛋白，会加重她衰弱心脏的负担。但要是不给她足够的白蛋白，她胸腔和心脏里的积水同样也会加重心脏的负担。

要是不给她镇静剂，她一直不能好好休息，在极度疲劳之下，心脏的负担也会加重。但只能靠她自己的生物本能来调节，镇静剂不能帮忙。

要是不给她强大的抗生素，她肺部的炎症就不能得到控制，很容易就会引起全身的并发症。但要是接连用抗生素，她肠道的菌群会被破坏殆尽，腹泻控制不住，她的身体也会因为无法吸收到足够的营养而崩溃。

“她的身体好像一只跷跷板，平衡非常脆弱。”医生说，这就是他一直平平张着他的手掌的原因。

这么说来，阿玉的身体和心灵皆入了绝境。她好像将要沉入大海的坏船，在无垠的水面上摇摇欲坠。原来死去，是这样一个艰难而摧枯拉朽的过程。原来善终是那样一种可遇而不可求的福分。

我的朋友给我短信：“姑妈怎样了？等你出来一起疯。”

与我多年交好的朋友，都知道阿玉。新近认识我的朋友，也知道她。从前的朋友知道她如何将我带大的，如何护着我。新近的朋友知道她病重了，如何眼巴巴地等着我。大家都喜欢听阿玉的事，都想来探望她。还有个朋友，想要装成太阳，来给她照许多相片，他们知道我将来一定需要它们。

“摇摇欲坠。”我回她。

“欲坠未坠，心悬一发。要沉住气啊。”短信叮的一声到了。

“说得好。那一根细发就是我们几个。这就是我不能出来疯的原因。”

“聚则同欢，散则常思，不离不弃。”短信把我逗笑了。这样的海誓山盟，真是好久未听到了。

我在走廊里忍不住微笑，这就是友谊啊。

清洁干净，温暖可人。

阿玉认定这里就是太平间，每到夜晚都会腾起熊熊烈焰。

阿玉看见我，向我招手。

“揉揉脖子。”这次她说。她见不得我人在医院里，心与手却不在她身上。

阿玉拉长了脸，她又不高兴了。

我知道她还在等我答应她，今天晚上来陪她。我其实可以这么做，虽然累，但还可以忍受。许多次，午夜梦回，总是两点左右，那个时辰正是阿玉最怕的沉沉深夜。许多次我都想换上衣服，到医院去陪阿玉，但每次我都觉得不堪重负，又在矛盾中慢慢入睡。

前一年，阿玉冬天生了肺炎，我也是夜里去看她，她穿着毛衣，睡着了。因为正在退烧，她内衣湿得透透的。我叫醒她，想给她换内衣。她睁开眼睛，又合上。再大睁开眼，惊喜地看着我，不相信我会真的出现。临睡前，我常常想起这样的情形。那天我给她换了内衣，擦洗了，又喂了水。这些都是我小时候生病时，她为我做过的事。临走时，我用干毛巾给她垫好后背，告诉她要是毛巾湿了，从腰上一抽，就能将湿毛巾抽出来。这是在太阳小时候我学来的方法。她第二天就退了烧。

这次却不同了。这次我只希望自己不要看见夜间病房里日光灯惨淡的白光下那无望的生命，那些被围困在病床上，散发着难闻病痛气味的败坏躯体。

我并不害怕阿玉看见的那些鬼魂和无常，以及那位八十四岁的老太太，而是害怕阿玉自己也不能承受的生与死的重量。在自己的枕头上一动不动地躺着，我能感觉到春夜的湿润和清凉，能感觉到生命是好的，甚至是诗意的。阿玉是我生命中第一个将要离开的亲人，她让我真切地感受到生命尽头的浓重阴影，以及一个没有信仰的生命在即将结束时的巨大心灵痛苦。我想要回避这些，回避心中对这一切的厌恶和无力。

哥哥原先挡在我前面，现在剩下我自己，和阿玉的期待对峙。

阿玉沉默地躺着，我也沉默着，听到自己的心突突跳着。

我心中的愤怒成分复杂，一半是因为自己辜负阿玉，我知道自己不该辜负她最后的希望；一半却又对阿玉生气，我希望她能自己承担对死亡的恐惧。她的信仰似乎是可以抵抗死亡恐惧的最后一件武器，但这也得靠命运的成全。

阿玉可怜，虽然莲生给了她一个家，但不能给她心灵的安宁，也不能保护她的信仰。阿玉并不十分关心她的遗体和后事，就是她所说的“魄”，而是关心她的“魂灵”。没有亲人陪伴，也不会有菩萨来度她，那孤苦无助的灵魂将要到哪里去安顿自己呢？我想，她并不害怕自己被审判，也不怕阎王，她怕的是，离开了尘世的这个家，她的魂灵谁来收留，它去哪里才能安顿。她不知道，所以她真的，真的不能视死如归。死是个巨大的黑洞，是一个未知，不是归途。

从阿玉身上，我才知道，对一个虔诚的人来说，信仰如此重要。

万籁俱静的深夜。

突然电话响了。哥哥在电话里气急败坏地喊我快去医院，阿玉不行了。

我从床上坐起来，马上就去推开太阳的房门，她屋里是大窗，正洒了遍地月光。猛然一见，好像梦境。

她刚从学校请假回到家，换洗衣服都还堆在柜子上，没来得及收进抽屉里。

知道阿玉病重了，太阳马上就要回家来看她的姑奶奶。她说，姑奶奶对她来说很重要，要是最后不能见到姑奶奶，她一辈子都会很遗憾。

我说，既是这样，就赶快回来。

太阳买飞机票、提前交作业的那个星期，我最怕阿玉会顶不住。那几天阿玉似乎好些了，腹泻得到缓解，虽然低烧不退，但精神好些了。知道太阳要回来，阿玉先是摇头，她说太阳的身体弱，飞机上又太冷，她怕太阳病了。然后，她想起来，太阳小时候给她带回过一包美国的棉花

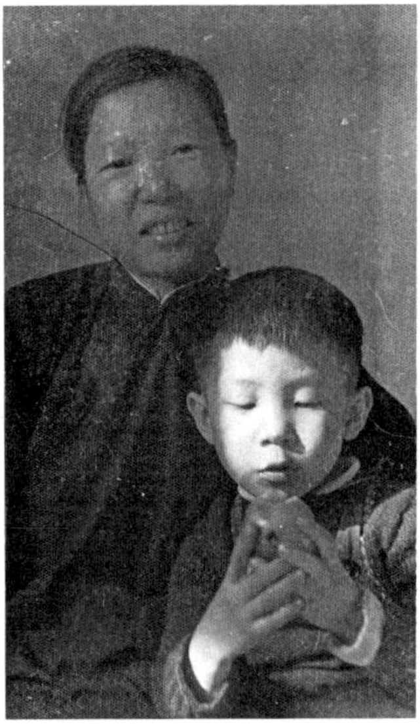

阿玉年轻时来照顾我们这些莲生的孩子，她每天给我们分派一只苹果，自己从来不吃，因为她觉得苹果太贵了。

我和太阳都是阿玉带大的孩子，我们给她蟠桃吃，因为这是《西游记》里吃了能长生不老的水果。

糖，因为这种糖极软，阿玉没有牙也能吃，她甚是喜欢。她将棉花糖分给养老院的人吃，“那么远带来的糖呢。”阿玉现在说起来，还是骄傲。最后阿玉吩咐说：“要是太阳回来了，早晨你们带她来医院，到下午四点，就带她回家。”她不要太阳陪她过夜，因为太阳是小孩，魂还没长结实，容易被鬼抓住。

太阳刚到家，还没见到阿玉。而李力正在从北京回来的火车上。他的博士论文昨天傍晚才宣告通过，此刻载着李力的那列火车正疾驰在皖北的平原上，奔南方而来。

园子里充满植物在夜间散发的香气，修剪成圆球的冬青树冠在地上拖着浓黑的影子，太阳飞快地冲向园子的大门。她好像在梦境里奔跑那样轻盈和迅疾，两条小腿在月色中显得非常结实和温暖。从背影看，太阳已是一个健康漂亮的姑娘。

太阳几个月大的时候，好像小牛犊那样结实，最喜欢用头来撞人。阿玉那时已经抱不动她了，但还是努力坐在床上抱她玩。太阳玩到得意处，却一头撞掉了阿玉的一颗门牙。阿玉将落下的门牙吐在手里，摸着太阳的头爱不释手:“这个大脑袋，这个圆脑袋，这孩子头硬，身体好。”

阿玉今夜心脏衰竭，呼吸衰竭，她这是要走了吧?

我心中闪过一个糟糕的念头：早知道真来日无多，真不如那时陪她几夜。

长长的病区走廊里，白炽灯嗡嗡照耀下，有种寂静而悲哀的东西在深夜里滚滚而来。阿玉说得不错，夜里不比白天。白天家属们、医生们在此穿梭不停，倒像深渊里有小鱼飞快游过，还有浮萍遮盖，就遮掩了那深渊的冰凉。此刻，这深渊却露出了原本的荒芜悲凉，好像一把被遗忘的长刀。

我拉过太阳的手，怕鬼抓住她的魂。她的手虽不像小时候那样肉乎乎的，却也细腻温暖，我才发现自己的手正哆嗦着。

太阳紧紧握了握我的手，轻声说:“镇静。”

阿玉已直直地坐在床头，脸上罩着氧气面罩，大睁着双眼，那样子，好像我小时候玩的赛璐珞娃娃。

这夜阿玉原本出奇地安静，早早就睡熟了。夜深后，阿姨突然听到窸窸窣窣的声音，以为阿玉又在解开带子。这才发现阿玉大口喘着气，她喘得太用力，连锁骨都深深陷下去了。

阿姨叫来医生，医生立即开出病危通知，护士便通知了哥哥。

我们大家给太阳让开地方，太阳走上前，抓住阿玉的手，她抓到湿漉漉一手的冷汗。

在深夜的白炽灯下，每个人的脸都好像变得不认识了似的。

阿玉握着太阳的手，眼睛骨碌碌地看着我们大家。

我们团团围着她的床。除了李力和健生，我们这夜算是都到齐了，如她以前期待的那样，“你们大家都来我床边陪我过夜”。

心脏监护仪上那条绿色的线，一遍遍画出极为复杂的轨迹，她的心脏正在经历无数次大大小小的房颤。

我跟着医生去签字。先在病危通知单上签字，又在放弃创伤性抢救的文书上签字。我对医生说，我们只求一样，如果已无力回天，便保护她能尽量舒适地离开。

医生轻轻点头，说：“尽力吧。”

太阳觉得自己喘不过气来，不得不退到椅子上坐下。

哥哥接过阿玉的手，握在自己手里。

阿玉看着我们大家，非常平静，甚至看上去还有点舒畅，甚至愉快。监护仪上，能看到她血液中的含氧量开始缓慢地从五十八向上爬升，接着，她粗重的呼吸渐渐平静下来。那个监护仪简直就好像一台正在播映童话故事的电视机，我们眼睁睁地看着她的血压忽忽悠悠，终于下降到正常位置。她的心跳变得舒缓，本来乱糟糟的心电图出现了匀称的曲线，接着，她血液中的含氧量达到九十四的正常指标。

她稳住了。

她靠在枕头上，握着哥哥的手睡着了。两条胳膊在身前安适地交叉在一起，放在被子上。这是第一次，她实现了自己的心愿，这一夜，我们大家都看着她睡觉。

第二天上午，我放下阿玉床上的围栏，太阳抬起腿来，让阿玉摸自己的大腿有多结实。阿玉脸上微微一动，好像微风掠过春水那样，她浅浅地笑了。“蛮结实的啦。”阿玉说。

这是阿玉病后第一次笑了。

过了一会儿，李力的火车到站了。再过了一会儿，李力就来了。

李力和太阳各站一边，给阿玉按摩。

“姑奶奶，舒坦不？”李力问。

“姑奶奶，还是我按得舒坦吧？”太阳问。

阿玉四十岁时照顾了刚出生的我，六十岁时照顾刚出生的李力，七十岁时照顾刚出生的太阳。她八十六岁那年摔断股骨，是我们这三个人合力送她去了医院。那时我们都不知道她摔得这样重，也不知道叫救护车，李力背着阿玉，我在后面托着她的两条腿，太阳一边拿着病历卡和钱，一边不断在一旁抚摸着哀哀叫痛的阿玉，我们一起下了楼。自从那天这样将她送到医院，阿玉就再也没能回到五楼的家。

现在，我们三个人又都陪在她身边了。在我们小时候，她陪过我们每个孩子睡觉。夏天时她陪我睡觉，四周一片蝉鸣，席子上小风呜呜。现在回想起来，原来她给了我许多许多的爱，原来我小时候，就算没有朋友，也是个幸福的孩子，得到了非常多的宠爱。

太阳“咔嚓咔嚓”地为阿玉照相，哄着阿玉笑。“姑奶奶，你真好看。”太阳在她的照相机后面不停鼓励阿玉。

阿玉渐渐有了镜头感，她将两手好好地拢在身前，微微地笑。我想起来她以前告诉我，要合上嘴笑，这样才够文雅，戏里的小姐都这样笑。阿玉总嫌自己的眼睛小，她就尽量将自己的眼睛睁大。

“姑奶奶，你根本就是端庄，哪里只是好看。那五尺一寸四是胡人，用词不当。”李力和太阳斗嘴。太阳小时候体检的身高是五尺一寸四，李力笑她矮，就拿这五尺一寸四来给太阳当昵称。胡人也是李力发明的话，意思是胡说八道的人。

“李力才是胡人。姑奶奶，李力拉的屎总是很大坨哦，都能把马桶堵住。”太阳反击李力。

阿玉以从未有过的舒服姿势躺在一大堆管子和电线中，一脸的满足。她拉长声音劝他们两个不要闹。阿玉总是偏向太阳些，伸手去拍李力的手，为太阳出气。

阿玉这才转脸来告诫太阳:“你是大女孩了，说这些粗话不好的。”

李力于是点着头笑:“就是，你都大女孩了，大——女孩了。”

李力和太阳小时候就喜欢斗嘴，斗着斗着，就当真了，太阳就怒。现在他们都长大了，都懂事了，懂得娱亲了。

太阳将阿玉的白发拢整齐了，为她照相。阿玉曾经说，到自己一百岁时，想要过一次生日，想要在生日那天好好照一张相。

“姑奶奶，笑一下。”太阳说。

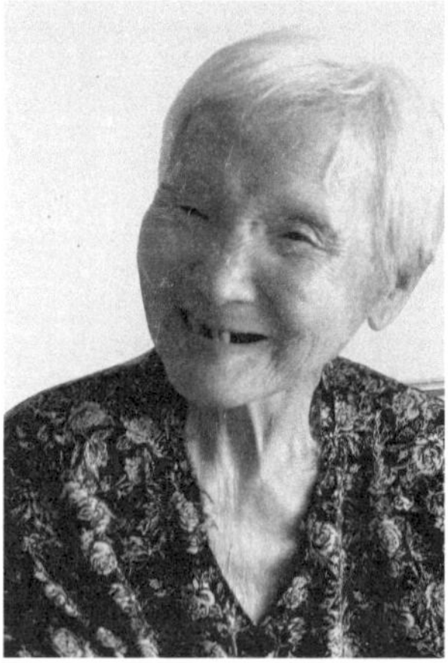

“姑奶奶，要笑不露齿哦。”李力说。

阿玉躺在帘子里，阿玉脸上、身上纵横着各种引流的或者输入的管子，阿玉手上左一块，右一块，不是静脉注射留下的乌青，就是验动脉血留下的瘀血。阿玉的血管又细又脆，所以弄得到处都是乌青。但阿玉对着太阳的镜头竟安然笑了，脸上终日的诡异神情一扫而空。

“你可知道昨天晚上你很危险？”我问阿玉。

阿玉点点头，说知道。她也知道两个孩子没到暑假，就急急赶回家来，是想最后看看她。“我知道我不会死的。”阿玉随后说：“你们都在床边上站着。”她比画了一下自己床的四周，那正是昨夜我们几个人站的位置，“我只要看得见你们，就是没死。”

阿玉肯定地说。

下午四点，阿玉挥手让我带太阳回家。

我和太阳经过草坪，经过树林，经过入殓间。医院的园子里到处草木深深，春天的夕阳在浓荫深草的园子里熏出了一股浓烈的芬芳。入殓间的那条红带子跌落在地上，大铁门也虚掩着。我正诧异，就看到一辆黑色殡仪馆汽车沙沙压着地面，开了上去。再接着，我又看到送阿玉入医院时见到的那株瘦小的桃树，当时满枝桃花，如今竟都落得干干净净。如今它是一株苍翠的小树。

不知为什么，我总觉得这棵小树看上去真悲哀。

与太阳相跟着离开医院，在 48 路车站等车回家。这是个周四的下午，华山路上难得这么静，能看见阳光点点丛丛，落在黑色的柏油路面上。

从 4 月 21 日夜到 4 月 22 日下午，这是漫长的一天。

站在车站，我突然想起来，这些日子，天天都从这条街回家，天天都在摇摇晃晃的 48 路公交车上，闻到自己身上有股医院的味道。有时突然眼睛一热，一层薄薄的泪就涌上来，模糊了视线。这些天来也总是这样，我变得脆弱了。因为泪水将这条街上的房屋、咖啡馆的蓝墙以及日渐茂密的梧桐树叶都放大变形，所以这条街总让我觉得是条非现实的街道。从摇摇晃晃的车厢向外看去，就好像是一部默片时代的电影，由于简单，而让人感到温暖和悲哀。

在病危的第二天，因为我们全心全意陪着她，阿玉竟然给太阳当了一次模特儿。这样说起来，这似乎更像一部煽情的二流电影的情节。

我对太阳说，第一，纵使我的长寿基因这样优异，我也真不想活得像姑奶奶这么老，尤其不想中风。叶四姑死于中风，嘉玉死于中风，阿玉现在又中风了，这是那优异遗传中可怕的宿命吧。我不想这样艰难地死去。

第二，我不想太阳是一个没有信仰的人。信仰这东西，虽属于纯粹的精神生活，而且形而上，但它却是幽暗人生中唯一的光。有时我与太阳讨论信仰问题，她仍旧在等待她的时间——一个人突然明确地感觉到自己能相信的时间，一个愿意将自己和盘托出的时间。我相信有的人能等到这一刻，而有的人终生都等不到。

现在，我们则是阿玉精神废墟上唯一的花朵。

我们这些凡人，凭什么呀。

太阳默不作声地看着街道的一端，好像在专心等车似的。过了一会儿，她伸手捏捏我的胳膊，说:“你得一直活着。你得。而且你也不能老。你不能。”

我听得懂太阳话里藏着的无奈和恐惧，以及她作为晚辈想要倚赖亲人的特权。因为一个月前，当阿玉对我说到死时，我就是这样对待她的。

48 路公交车摇摇晃晃地经过一栋淡黄色的房子，那是太阳小时候的托儿所。那时因为突然离开熟悉的家和亲人，幼小的太阳曾声嘶力竭，哭哑了嗓子。当我进入中年后，突然发现自己的人生开始变得时空交错，意象重叠。某些时刻，生活开始呈现出非常强烈的哲学性和宗教性。比如此刻，比如此地，在一辆公交车上，它们就轻易地展现出艾舍尔式的轮回。

我想告诉太阳自己这些天来的心得，但因为它们都很悲观，所以我没有说。在阿玉告诉我她这些天来的心得时，我也是无言以对的。有些生生死死的事，每个人只能自己承担。我只是期望自己将来不会给太阳带来许多隐秘的精神创痛，但我如今也已明白，亲人濒死带来的创痛，就是一个人成长的一部分，谁也不能逃避。人的成长，原来是这样的不容易。

阿玉很喜欢她的养老院，她晚年最要好的朋友，是与她住同一间房的李阿婆。她从未想到，晚年时她可以不用劳动，就有人照料生活起居。她总是很感恩。

我和太阳给阿玉的手拍摄了许多张照片。不知道是否陌生人会害怕她病中纵横着千万条皱纹的双手，手背上还有大小不一的乌青，那是静脉滴注留下的。我却总是从这样的手上，体会到复杂的感情。

这是一双劳动了九十多年的处女的手。直到阿玉躺在医院里，她还坚持自己吃饭。没躺下时，她自己洗内衣。

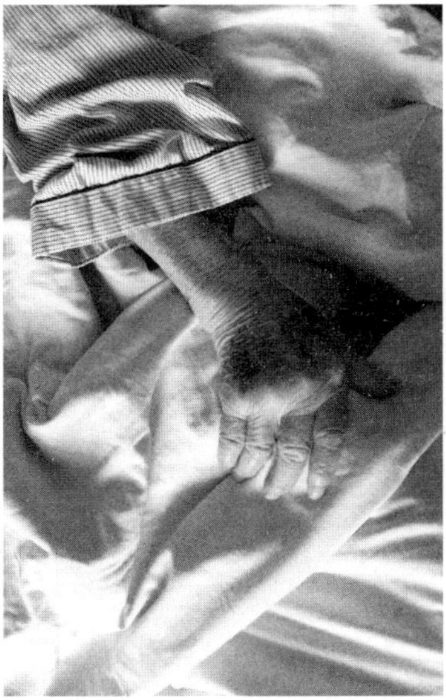

第四章

这是莲生与阿玉最后一次见面，他们躺在同一家医院，穿同样的病服。

最后一面，匆匆的五分钟。

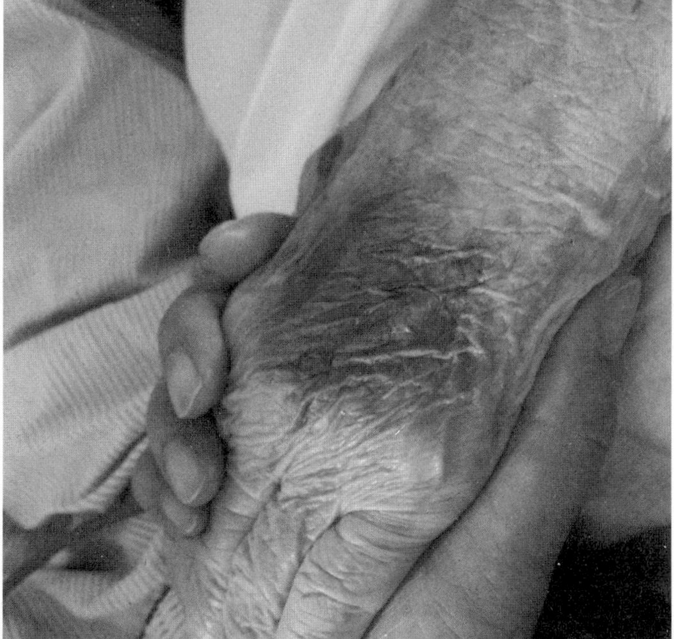

春深了。街道上的樱花和桃花都已开尽，但紧接着，广玉兰开花了，绣球开花了，甚至白兰也开始开花了，街道上开始飘散出夏季的香味。虽然阿玉极为虚弱，但病情到底平稳下来，她可以出院了。

阿玉出院并不是痊愈，而是暂时的平稳，医生治无可治。我们商量着，要带她去和莲生见一面。也许，这就是他们姐弟俩最后一次见面了。

莲生和阿玉听了，都点头称好。

5 月 15 日凌晨，我也是两点钟就醒来了。这天早晨，阿玉就能出院了。半醒时，突然看见医生那张年轻的脸正严肃地拧着眉毛。他说，老太太不能出院，晚上又烧上去了。我心往下一荡，人就彻底醒了。

“阿玉这一生真是悲苦。”这是莲生说的。阿玉病后，大家都不敢将实情完全告诉莲生，我们三个，忙着阿玉这一头，又怕与莲生说得多了，终有说漏了嘴的一天，所以，莲生的病房倒去得少了。有点空，就去母亲那里坐一坐。母亲也老了，阿玉病危那夜，她为阿玉收拾了一套衣服，自己倒坐在衣柜旁边的地上动不了了。莲生不动声色，只是渐渐从我们兄妹不同的描述中找到破绽，猜破实情。我去陪他聊天，他总是感慨阿玉这一生太苦。

“如果有一天我也病重，一定不会像阿玉这样害怕。”莲生说，“说到底，她还是很相信鬼魂。她并不是一个唯物主义者。”

“我宁可她相信菩萨，相信好人能进天堂。”我说。那个为平乐小庙里造了十二尊小木佛的老太太，有一颗纯真而温暖的向佛之心，一定不会如此恐惧死亡。我心中的阿玉，其实就是这样一个老太太。生活终于毁坏了她的信仰，真令人遗憾。

连阿玉这样的人，最终都不能安详地接受死亡，这可真让人难以接受。

“不管她信什么，她要是信着什么，就不会像现在这样痛苦。”我说。

其实，我也不评判莲生的信仰，我只是为他能终生护卫自己的信仰而感到安慰。

莲生仰着白发苍苍的头，终于点了点头。他也同意，对阿玉来说，菩萨本能帮她的，但她在十八岁时深深地怀疑自己的信仰，在三十五岁时，被破除迷信的运动鼓动得彻底放弃信仰。阿玉精神成长的过程，也与她同时代的大多数劳动妇女类似。她们正是莲生期望用革命来解放的女性。

莲生并没有成功地解放他自己的姐姐。

突然，莲生说，想去看看阿玉。“她在哪里？我去看看她。”他说。

我们一直不敢说阿玉也住在这家医院里，怕莲生见到阿玉病重的样子会受不了。

突然被莲生这么一问，我来不及编谎。当我支吾着说出另一间医院的名字，却看见莲生眼神雪亮地望着我，似笑非笑，便想起他一生做的事，到底是宝刀未老啊。我只能和盘托出，并安慰他，一定会设法带阿玉来和他见面。

再也睡不着。我起床来，去厨房喝了水，去阳台上看了下面沉睡的街道和花园，那些夜色中泛着白的地方，大概就是那些大朵大朵的广玉兰花吧。那条黄色灯光笼罩的街道空无一人，我似乎又能看到阿玉病危那夜，光着两条腿飞奔的太阳。

然后，我决定整理自己在平乐时拍摄的照片。我本来打算给莲生和阿玉做一个广西 PPT 的。

在广西的照片文件夹里，我看到给奶奶上坟的那天下午，自己拍摄的冬瓜岭。

3 月 26 日下午，在平乐的冬瓜岭果园那大片大片绿莹莹的阴影里，我曾希望靠自己的直觉，就能找到奶奶到底躺在哪棵树下。

阿玉还在平乐时，奶奶的坟就在破除迷信的风气里被平了，冬瓜岭的坟场被辟成果园。我想，大概同时，人们也去推倒了天后宫里的菩萨，阿玉也就不再给她母亲上坟。这样算起来，大概五十多年没人来看过奶奶。按照阿玉的说法，人死如灯灭，什么都没有了。

我找到这棵秀丽的果树，我想就是这里。我奶奶的身体像养育莲生一样养育了它，所以它身上也有种朴素的文雅之气。我希望它正是一棵柚子树，是结出我最喜爱的水果的树。

奶奶此生没留下一张照片。她的妹妹们有照片，因为她们嫁给了有钱人，去了桂林。我想象中的奶奶，穿着浅蓝色的大襟衣服、大裤脚的裤子，个子矮小，有张容长的脸。其实仔细想想，这似乎更像是阿玉。

第一次见面的表叔、表婶在果园的黄土上，面朝西方插上红烛，点燃，然后借着烛火燃香。尚莲表婶告诉我，香要分开三根一把，一一插在土上。

文华蹲下来帮我。他是个陌生人，但他是我的表弟，我奶奶是他的姨婆。

香插进黄土里，我的手感到的阻力，就好像在游泳时，双手向前伸去，拨开清凉而沉重的水那样，真奇怪啊。我在给我的奶奶上坟。

阿玉离开后，再也没人给她上坟，她一定很孤独吧。

尚莲吩咐我说：“你要叫啊，她如何知道你来给她上坟了？”

“叫什么？”我问。

“叫奶奶，告诉她，你来给她上坟了，你是谁家的孩子。你要对她说什么，就说给她。要她保佑你们大家平安。”

我却不能相信奶奶能保佑我们大家平安，她自己死未瞑目，放心不下自己的孩子们，她甚至也不能保护她的孩子们。我从未来看过她，从未照顾过她的坟，甚至从未叫过她一声，我又如何能要求她保佑我呢？

山下漓江平静的水面上，扁舟轻盈地掠过水面，渔民戴着淡黄色的斗笠。我看见河边的凤尾竹下，有穿红衣服的小姑娘在河里漂洗衣物，白色的单子在绿色的水波里招摇。

那里是莲生偷偷下河游泳的地方，也是阿玉为全家洗衣服的地方。

“三孃孃，莲生的女来看你咯，走了好远的路来看你，从上海来的啊。”尚莲立起身来帮我喊。她的声音传得悠悠远远。

而我从来没叫过奶奶，其实我叫不出来。

从小，晚上我都跟着阿玉睡，她给我讲故事，其实讲的都是平乐的事。有时说起她的母亲，好像我们是平辈，阿玉总对我说“我妈”，而不说“你奶奶”。

我有什么想对奶奶说的吗？我三根、三根地向土里插着香，很快，那一小片黄土坡上就插满了香。现在想起来，那香发出的气味，与阿玉寿衣上的气味很相似。我想说，抱歉，我从没来看过你。你的儿子九十一岁了，他病了，你的女儿九十六岁了，她也病了，他们都住在医院里。要是你能保佑他们，那可真是太好了。

不过，我们这样的要求对奶奶来说一定太重了，她要是能保佑他们，她的儿女们就不会吃这么多苦。

所以我在心里对她说：愿你安息，奶奶。

我只能多多插香，安静地插香。也许香上涌出的袅袅白烟能到达奶奶所在之处。

文华教我将纸钱三张叠在一起，烧给奶奶。

将黄色的纸钱放在火上，只一秒钟，它们就突然一怔，好像被什么取走了重量，向上掀起，化为灰烬。

“三孃孃，来拿钱啊，莲生的女来孝敬你老人家，你要快快来拿哦。”

奶奶已经有几十年没拿到一张纸钱了吧，她曾穷困地活着，又穷困地死了。我觉得非常抱歉。那些纸钱接二连三地失去重量，化为灰烬，灰烬上渐渐呈现出一张张微笑的嘴唇，这是奶奶在向我示意吧。

“三孃孃，你保佑你的崽和女啊。”

是的。你的儿子和女儿，他们现在早已不是你看到的那样年轻，他们的生命如风中之烛般飘摇明灭，他们正走在与你团圆的路上。要是你能够，只请你保佑他们不要经受太多的痛苦。本来一向低血压的莲生和阿玉，现在血压都突然高得吓人。阿玉中了风。莲生在阿玉中风那天，血压高达二百，听说阿玉中风，莲生的医生忙给他做了加急的检查，也禁止他下楼活动。他们的身体之间有种奇异的血缘联系，他们都经常在病床上突然大汗淋漓。要是太虚弱了，就会莫名地抽搐个不停，直到睡着后方能缓解。

奶奶，他们渐渐向你走来，莲生一直记得你不让他游泳，阿玉一直记得你不让她上学，但他们都一直想念你的庇护，秉承你的良善。

静夜里，我看着那些灰烬的照片突然想，也许这真是奶奶在向我示意。那灰烬看上去是这样脆弱和温存，这正是我想象中奶奶的气息。

那些纸钱在变成灰烬的同时，分明好像被人拿走了某一部分重量似的。

留在灰烬上的微笑，也许也是奶奶在向她的儿女致意。

我在冬瓜岭上看到一种大大的白花盛开在路边。这热带的花朵有茁壮的深绿色叶子和微微泛着黄色的厚重白色，开得无辜。表叔告诉我这是甜味花，若你采它下来，吸吮花蕊的根部，会发现那里是甜的。我在静夜中看着那朵留在底片上的花朵，当时，表叔想要采它下来给我吃，试试它的甜味，我摇手不要。

这巨大的白色单瓣，静静散发着无辜的哀伤，让我想到奶奶无法安息的灵魂，或者阿玉在深夜大睁着的眼睛。它暖烘烘的花香里带着一种甜气，有些像口腔中血的气味。我想，这大概才是当时我不肯让表叔采它下来的原因。我知道，即使他采它下来，我也再不肯尝那样的甜味。

待早晨八点多在医院会合时，看到大家全都精神萎靡，才知道这一夜大家都没睡好。阿玉歪在枕上气喘吁吁，莲生的血压也突然升高，一早就又开始静脉滴注。

嫂嫂为阿玉买了双新鞋，将阿玉装扮整齐。哥哥去莲生病房里与医生商量见面的事。

我们分成两路，一路去莲生东楼的病房守着，一路守在阿玉西楼的病房里。

一度，我们曾决定不要带阿玉去看莲生了，不要让他们的感情受刺激。哥哥去跟莲生解释，莲生怅然若失，但到底还是顺从了我们。他躺回到枕上，就不说话了。

但我们大家却不忍他们姐弟就这么擦肩而过。按照莲生的脾气，他定会想方设法去看望阿玉一次。而阿玉也一定疑心莲生出了什么事，独独瞒了她。有过这一次生死挣扎，他们俩不能见一面，到底都是不能安心的。

最后，我们还是决定要帮助他们姐弟见上一面，哪怕就五分钟。

到了东楼的楼下，阿玉突然说，她不想上去了，她如今太瘦，不好看。

我安慰阿玉，莲生知道她刚大病一场，还没养好。

于是我们带阿玉上了楼。

哥哥走在头里，先进了莲生的病房，他要看看莲生情绪是否平稳。我推轮椅跟在后面，只听到哥哥朗声说："爸，我们带姑姑来了。"

他"哗"的一声将门直直地推开，我就将轮椅推了进去。

莲生正躺着打点滴，脸上还露着疑惑的神情。但整个人从床上直直坐了起来："姑姑！"他一直随我们这样叫阿玉。"哎呀姑姑！"他笑着喊道。

阿玉歪在轮椅里动不了，却双脚哆哆嗦嗦，摸索着，想踏在地面上，站起来，走过去。

他们俩，双手紧紧握在一起，从病床上，从轮椅上。

“姑姑啊，你好啦？”莲生问。

“唔。好些了。”阿玉回答。她望着他皱眉头，“怎么也要打吊针？”她一向以为病重了才要打吊针。

“你要好好锻炼身体啊，不要老是睡着。”阿玉接着氧气，几乎发不出声音。但她轻轻对莲生说，要锻炼。说着，她开始挥舞自己那只尚能活动的右胳膊，努力在空中画圈，“这样做。要这样锻炼。”

她一边说着，一边缓慢地，一遍遍地活动唯一能动的那条手臂，好像一架风车。

“你要好好地静养。”莲生按下阿玉的胳膊，握住她的手。

看着那两双相似的手握在一起，看着那两双手的手背上，靠近血管之处，那一块块颜色相似的乌青，我突然想到了纸钱灰烬上的微笑，想到莲生回忆录里写过的那个奶奶过世的夜晚。奶奶死不瞑目，莲生和阿玉一直一边揉着奶奶的眼睛，一边劝她放心走。我想，这的确是奶奶听到我的话了吧。奶奶回了冬瓜岭，她来保佑她的儿女们。她到底是不能瞑目的。

莲生和阿玉，相见五分钟后，挥手道别。

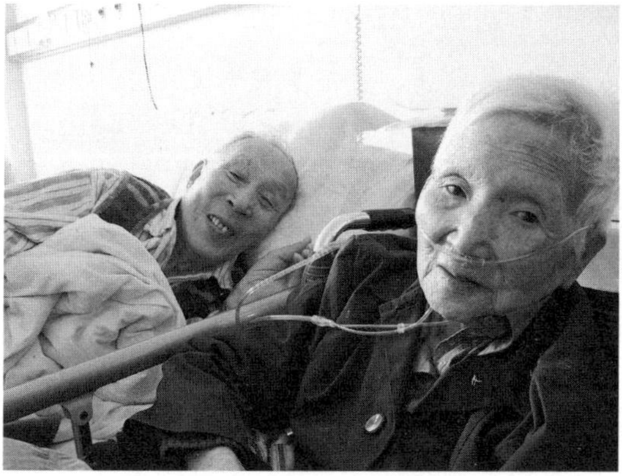

莲生和阿玉最后一张合影。

5 月 20 日，莲生和阿玉的身体状况各自平稳下来，春风软熟的下午，他们坐在各自的轮椅里，被阿姨推出室外，晒晒太阳，也沾沾地气。

我将平乐的照片整理好了，都扫描到电脑里，做成一份 PPT。

那一日，我带着它先去阿玉的养老院，给她看看平乐。“这是你外婆家的厨房。这是你去洗衣服的码头。这是天后宫里的旧菩萨，你看看还认识不认识。这是神坛，那里还有签桶呢。我还给你们抽了支签。签上说，秀才出门状元归，是支好签。”我一一点给她看，但阿玉掉开眼睛，不肯看这些照片。她对我的电脑甩了甩手说：“啊呀，我都不认识。”

她一向为了保护眼睛不肯看电视，现在还是一样，不肯看电脑屏幕。

阿玉要跟我商量，在她床边再加一块长木板，我们大家好轮流陪她睡。她说晚上还是睡不着，总是听到有人说话。“这里不是医院，地方不那么紧张咯，加一块木板正好。”她两眼焦躁地紧盯着我，生怕我想出什么话来反驳她。从医院回来，阿玉性情大变，她想尽办法也要将人留在自己床边。而且还要将服侍她的人分门别类，一个人只管她大小便，另一个人专管给她按摩。她常常要大家向解放军学习，为她服务。但是她也知道对人说:“你做得好，我就发给你十块钱奖金。”阿玉很多年没用钱买过东西了，她以为十块钱就是了不起的大钱。

我这才渐渐想起，3 月，自我说起要去平乐这件事，阿玉从未表示过兴趣或者欢喜。她一直阻拦我。我以为她怕我不在，少人照顾她。现在才发现不光是这样，她似乎根本不想再提到那个地方。

她离开平乐五十五年，从未说过一句想回去看看。

我给她看在冬瓜岭上给奶奶烧纸钱的照片。

在我看来，那是些微笑着的、神秘的纸钱。

阿玉摆摆手，评论说:“浪费。”然后她指了指自己的脸，“你有这种精神去那么远，花那么多钱，还不如管管活人。”

“那是你的家乡，落叶归根呀。”我不甘心。

“我——不信这些废话。”阿玉说。

从阿玉那里出来，我去了莲生的病房。可我的 PPT 在莲生那里也未受到欢迎。

“这是埋葬你妈妈的冬瓜岭。”我将 PPT 又播放一遍，加上自己的解说词。

“这是我感觉上奶奶坟墓的原址，现在这里有一棵树。”

“这是你外婆的坟。”

“这是你舅舅嘉玉和你舅妈的合墓。”

“平乐的亲戚们将你妈妈家的先人都移葬在一起，建了一个家族墓地。在一处山上，面前是三江汇合之处。只是没有奶奶的坟。”我给莲生看冬瓜岭上的黄土，我似乎从未看到过黄得这么刺眼的土。

我伏在那黄土上，给奶奶端端正正磕了三个头，这是亲戚们教给我的礼数。

“我妈的坟早就不在了。”莲生说。

我告诉莲生阿玉说的话。莲生笑道:“她还有这样的思想觉悟啊。她从小就是信佛的，她是在自己的遭遇里受到了反对迷信的教育。”

而我却真想为奶奶重修一座坟，修在她妈妈叶四姑身边，这样她也算有了安息之处。在平乐时，我甚至也去打听了修墓的事。

莲生听了，并不热心。他不觉得有什么意义，说这只是一种迷信者的心理安慰。“那么远的地方，你们也不会常去。修不修又有什么不同。”莲生说，“我是个完全的唯物主义者。我这些天常想，我不想活得像姑姑那么久。我死了，只剩下一些肌肉、神经和分子、细胞，还不如将遗体捐献了，省得烧起来麻烦。我的遗体还可以让医学院的学生练练手。纵是将我切成一块块的，也不要紧。”

“你以为现在的学生那么尊重遗体捐献者吗？”我想起网上流传的玩尸体的视频。我为什么要让自己父亲的尸体被不认识的年轻人玩弄，还拍下视频来，在网上供猎奇者点击?

“不尊重又有什么关系？我的意识已随死亡灰飞烟灭，身体已经是完全无用的、无名的物质了。”莲生笑着看我，好像为自己的这个念头自豪。

让奶奶睡回到她妈妈身边，再让阿玉回到她妈妈身边，想起来这是令人感到安慰的事情。何况在平乐有他们的家族墓地。

“坟早没了。”莲生再次说，我这才意识到，他指的是已经找不到奶奶的任何遗物了。

"你外婆的墓被盗过，等他们去移坟的时候才知道。那里面也什么都没有了，连棺材都不见。后来不也是捧了一把土埋进新坟去。有坟，总是一个安心，里面有什么并不重要。"我说。我们也可以将柚子树下的黄土带一包过去。或者，再加上一朵甜味花。

难道"故乡"这个词对我来说不也一样吗？

"我是一个彻底的唯物主义者。"莲生说。

难道故乡对我来说是个唯物主义的名词吗？它当然是唯心的。

从莲生处出来已是傍晚，他和我一起下楼，去参加善终小组的讨论。温暖的春日傍晚，善终小组的讨论会移到了花园里。隔着樟树和松树，还有桃树，远远望去，穿病员服的他们就好像歇息在树枝里的大鸟一般。

我这时才理解为什么莲生总是怀念延安。他回到延安时，一一去年轻时代生活过和工作过的地方探寻、合影。他回平乐时，只为了看望嘉玉，甚至没有去一下冬瓜岭。和阿玉一样，平乐对莲生来说，不是愉快的回忆。

莲生和阿玉在平乐丢失了至关重要的东西。莲生后来找到了它，一辈子依靠它。但阿玉一生都无法再找到它。

平乐是他们的故乡，但也是个充满痛苦的词语，所以他们并不想它。

我庆幸自己没有把建坟的事告诉阿玉，在为她准备寿衣时我还想过，将来可以将阿玉送回去，和她妈妈在一起。我猜想，要是我当时多嘴说出来，会给阿玉平添许多个夜晚的痛苦幻觉。

莲生高声反对我的主意，他肯定阿玉不会愿意葬回平乐去:“那个地方对我们来说，只有痛苦的回忆，没有别的。包括在桂昌行，我只有寄人篱下的感受，我不愿意提到它的名字。”

要是没有莲生与阿玉，平乐对我来说，便是更为抽象的名词。难道不是这样吗?

“故乡”这个词这样令人困惑。

“那么，阿玉将来葬在一棵树下好吗？”

莲生喜欢这个主意。他说，她是个仁慈的人。她一定会愿意用自己的骨灰最后去营养一棵树。我们如果日后想她，还可以去找到那棵树，这就像奶奶的那棵柚子树一样。

那天，我和莲生心平气和地谈到了死后的安排，阿玉可以去一棵树下，莲生什么也不要，我的母亲说她愿意去大海。我家的老人就这样，将会分散去不同的地方。

最后，我的哥哥嫂嫂和李力来看了这个 PPT。这是 7 月 8 日，莲生血压动荡，阿玉又经历了一次心肺衰竭的抢救，她再一次住进四五月份住过的病房，经历再一次的抢救、监护、静脉滴注、对夜晚的恐惧，再一次平稳下来。

我们这才有时间聚在一起吃顿饭，庆祝李力博士毕业，7 月 20 日就是他的毕业典礼。

吃完饭，我给他们大家看平乐。我们与它的关系，许多年来，只是在户口本上籍贯这一栏上的维持。就是这样的关系，还是我们家从北京迁移到上海来，在上海的派出所里报户口时，被上海警察纠正过的。在我们出生时，莲生坚持说我们出生在哪里，哪里就是我们的籍贯。我们是被做事顶真的上海警察纠正成平乐人的。

“这是爸爸和姑姑的外婆家的厨房，姑姑说在这里听到她妈妈叫她的声音，那时她带着叔叔住在外婆家，爷爷离开家走了，爸爸到桂林做童工去了。”

“这是他们的外婆，就是那个传说中的叶赫那拉氏，民国以后她就姓了叶。这是爸爸的舅舅自己做的瓷画，挂在祖屋的堂屋里。”

“这是爸爸和姑姑出生的屋子，奶奶就死在这间屋子里，爸爸回忆录里提到过的。”

“这是爸爸的小学，我去那里上了一堂语文课。”

“这是爸爸下水游泳的地方，也是姑姑洗衣服的地方。”

“看这里，这里就是姑姑从小拜神的小庙。后来姑姑就在庙对面摆针线摊子。”

我一边解说着，一边看着电脑蓝盈盈的光照亮了那些与我的面孔相似的面孔，看着他们脸上若有所思的神情。他们比莲生和阿玉看得专心多了。我发现自己能告诉他们关于平乐的事，心中有些自豪。

“那地方真好看。”他们中的一个，在我身后这样评论道，“或者，我们大家忙完姑姑的事以后，结伴回去看看？也看看奶奶的坟能不能修起来。”

“那叶赫那拉氏的墓地，现在是不是有左青龙，右白虎？”李力亦庄亦谐。

“我觉得好看得很，青山绿水环抱，田野里有一蔸蔸的凤尾竹。”我说。我其实有点想自己也有祖坟可归，可拜。

我想起来，去广西的飞机飞过湖南边界后，进入广西境内时，我突然觉得双眼一胀，眼泪就下来了。那奇怪的眼泪又大又急，滂沱大雨般地，沿着颧骨往旁边流，又沿着面颊往下流，它们在我脸上纵横着，痛快淋漓。

我的心还未动时，我的身体先感受到了广西。

这就是“回去”吧。

莲生和阿玉却都没有我这样强烈的“归去”的感情，他们心中，信仰的归属大概是更重要的吧。我那出生在如此渥热偏远的小地方的长辈们，他们出生在同一座幽暗的老房子里，他们度过了截然不同的人生，但归根结底，他们原来都是这样执着于自己精神生活的人。

阿玉，从3月26日傍晚，你在上厕所时颅内出血开始，到今天，9月18日，你已经在许多次心肺功能衰竭和感染中整整挣扎了半年时间，在你最害怕的医院里。现在，你拒绝吃药、抽血，甚至拒绝食物，你的神志仍旧清醒，但一天中只有很少的时间会睁开眼睛，有力气说几分钟话。大多数时间，你就这样双手在被子外轻轻相握，平静地躺着。但是当你对我们这些孩子说话时，脸上也不见了生病以来的痛苦神色，你脸上的笑容，让我想起你好多年前的样子。我小时候，你跟我谈天时，就是这样平静又好奇地笑着的。你身上的痛苦好像渐行渐远了。9 月 16 日下午，你突然清醒了，想要吃一点橙子水，我真高兴，好像你又回来了。

吃了一点点橙汁，我问要不要帮你揉揉腰背，你这样笑着对我说:“揉了，还不是要去死。”

我们就这样说到了死。是的，告别的时间就在眼前，你就要死了。你和我都已明白了这一点。

“你怕吗？”我握住你的手，那只为我洗过衣服、煮过饭、抓过痒的手，现在只剩下小小的一撮了。

“不怕，如果就像睡着了那样，我不怕。”你说。

你吩咐过嫂嫂，要帮你洗干净身体再送去火化，吩咐过哥哥，那时要帮你穿一双厚些的袜子，也吩咐过太阳，要帮你照一张好看的照片留给我们，还吩咐过我，要给你新棉被，但垫被用旧的就行了，“总是烧成了灰的”。

我总也不会忘记，你听我描述你寿衣样子的时候，脸上的微笑。那个微笑，就好像从前我要结婚离开家时，为你买了一床新床单和新枕套，为你铺上了，那时你也是这样笑着的。从我还未记事，到我结婚离开家，我和你睡一间房间，同一张棕绷大床。你半夜常常在梦里哭叫，每次都是我将你推醒的。自从我结婚后，你就睡小床了。你的那个微笑，一半是满足和欣喜，一半是分别的隐痛。

“我不怕，我一向都不怕。”你说，“死就像睡着了一样。”

我小时候，你对我说起过死。你说，有一种方法能预知你是不是快死了，那就是你闭上眼睛后，你在眼皮里看见的是一片红色，还是一团漆黑。要是看见一团漆黑，就是你命将尽，已经黄土埋过头了。你说，但是你睡着了以后，眼前总是一团漆黑的。可见黄土已经埋过了你的眼睛。

9 月 17 日下午，你说，你甚至想吃一点热的馒头。我抓起钱包就跑，泪水不断地往下落，我想这是高兴的眼泪，好像看到了奇迹。

我不知道这是所谓的回光返照。那天白灼的太阳地里，我快快地跑，找一只刚刚出笼的、滚烫芳香的白馒头给你。你最后的心愿，不过是一只新鲜的橙子和一个热馒头而已。我一路落着泪，一路感谢你将这最后为你做一件让你高兴的事的机会给了我，你也许知道，这是对我最大的安慰，在失去你以后。

你努力地吃了一小半馒头，然后，就闭上眼睛，休息了。

阿玉，你早已不信佛了，但你仍相信死后，你的灵魂不灭。你为它离开你的躯体后，要被你夜里常常看见的黑衣人带去哪里，焦虑了很久。医生总是用你大脑缺氧来解释你的黑衣人故事，但我知道事情没这么科学的逻辑。

说完寿衣和墓地的事，我就想跟你商量灵魂将要去的地方，我相信这是你最焦虑的所在。但你已经没力气了，你眼睛都还未合稳，就又堕入黑沉沉的梦乡中。我握着你的手，能感觉到它时不时会轻轻抽搐几下，我想，那是致命的癫痫病又要发作了。

即使病笃，已极度消瘦，但你的脸仍洁白平整，毫无浊气。太阳为你照相时，你让我为你理好头发。病房里的人都赞叹你即使已病成这样，仍要干净，要好看。太阳叫你“美女”，你却嫌自己眼睛小，不好看。太阳叫你笑一笑，你就拼命睁大眼睛。你垂死时的面容，一扫早先的焦虑，变得一团悠远宁静。

照我说，阿玉，你要放心走。你这个干干净净活到了九十六岁的处女，一辈子没做过害人的事，一辈子都在帮助别人。到了末日审判，即使世人皆有罪，你却定是那个清白的人。

即使你有愧于一个未能出生的婴儿，但你也是为保护自己的亲人们而舍身，你本身并无罪过。如今，你周围的人们都力所能及地成全你的心愿。知道你不喜欢病房里有男人出入，连本来天天给你病房送水扫地的男护工，都自愿与女护工调换了工作的房间，不进病房来惊扰你。这一世你虽然过得苦，但却因此得到大家的尊敬和爱护，我想你真能安心地走了。

只是在你最后的时刻，不会有牧师或者僧尼来帮你跨过生死界，也许，在冥冥中，也不会有菩萨和天使来度你，因为你不信。不过，即使这样，你也一定能进天国。因为即使你不信，你仍吃了一辈子净素，守了一辈子童贞，行了一辈子善事。命运将孤寂辛苦的生活强加在你身上，你就接下来，隐忍了漫长的一辈子。即使你是从十八岁后就不信了，对神来说，你没通过他的考验，但你为自幼随母的信仰不光付出了你的所有，还付出了整个的最后时刻。在医院时间长了，我渐渐发现，很少有老年的病人在最后这段时间，像你这样焦虑和孤独。你是怕因为自己对信仰的背弃，无颜站在天国门口吧。这么说，你心里还是信，或者将信将疑。

可是阿玉，你更要这样想，你这一生，为一个信仰付出了自己的所有，你年轻时代的所有生活，你在病床上的苦苦挣扎，你多少次的病危，最后都痛苦不堪地挺了过来，你这是不敢死吗？照我说，你这么多关于信仰的付出，难道不是一个女子所能做到的，对信仰最为单纯和真挚的追求吗？照我说，一个人对信仰的诚挚，对它的守贞，远比信与不信重要。你诚挚地信了，怀疑了，惭愧和自卑了，你从未玷污过你的信仰和你的菩萨。你是如此诚挚的人，要是你都不能进天国，在我看来，就没人能进天国去了。

阿玉，听说你的灵魂离开身体后，会飘浮在空中一阵子。在你没走远时，我一定保持愉快和安静，让你没有牵挂，也不会难过。

然后，阿玉，要是没有天使或者神灵的指引，你也一定要朝北走。你还记得几年前我去了最北的北极吗？那时，你以为我就要冻得像冰箱里的冰块一样硬了，吓得伸出舌头来，好像一个小孩。在看见北极光的晚上，在听到冰原上空有踢踢踏踏脚步声的晚上，有人告诉过我，这里是人们离开世界，走向天国的甬道，北极光就是指引离去人们去路的火把。那时漫天飘扬的绿色火把，你绝不会看不见，也不会迷路。

从你北回归线近旁的家乡，到地球的最北端，北斗七星垂直照耀的地方，阿玉，这可是一条很长的路，你一定不要害怕，不要放弃，要快跑，向着天上最亮的那颗北斗星跑，你总能找到那里。那时，你所有的病痛都烟消云散了，你的身体会像小时候一样健康轻松，两条胳膊雪白滚壮。你就尽量快跑，你要赶上在北极光的指引下，正在从冰原上离开尘世的那支队伍。

这一路上你会看到数不清的房子，尖顶的是上帝在地上的家；有黄色围墙或者金顶的是佛祖的家；圆顶上有星星和新月的，是安拉的家。在尖顶房子里唱歌的，是信上帝的人；在庙里双手合十的，是信佛的人；跟随着悠长的呼礼声，脱鞋走进房子里的，是读《古兰经》的人。你经过那些房子时不要气馁，你一生帮助过的人，做过的好事，都是你进入天国的理由。

当你看到北方灰蓝色的海洋时，你就已经到了北海峡。在那里，你能看到善良的小人鱼死后，本来也只能变成海上透明的泡沫，但天使会来海面上接住这些透明的泡沫，将它们领上天去。你路过那片大海时，就能看见小人鱼是如何升天的。你一定也会像她一样的。

安徒生说，这时候，人鱼能听到空中美妙的歌声。我想你也会听到的。

要是有人这时来帮你，那一定是西方的天使，他们穿着白袍子，或者天蓝色的长袍，金发碧眼。要是看见穿着天青色汉服的，那一定是东方的仙女。他们总是对你好的，你要高高兴兴跟他们去。

要是这时你见不到一个人，也不要怕，再往北跑一点，你就能看到洁白的冰雪世界，天空中布满了星星。绿色的北极光会从天边缓缓升起来，你跟着它，就能离开尘世。这个世界的末端很好看，那里一定有不少灵魂等着，和你一起离开。你就跟着他们大家一起走，不会孤单。小时候我做的噩梦每次都是战争发生了，淮海路上全是躲避轰炸的人，而我逆着人群回家，因为要回家接你一起逃跑，因为你在厨房里，什么都不知道。这次我无法陪你，可我知道你一定能找到。

阿玉，我们这些你带大的孩子都已经与你告别了，照顾过你的人也都得到了他们的报酬，接受了你的谢意。你在这个世界上没有亏欠和牵挂，你清清白白，全身而退。

你的墓地会在一片漂亮的草地上，你的骨灰会埋在一棵树下。你留在这里的遗体，最后还营养了一棵树，这是你做的最后一件善事。我会常去看望那棵树，坐在它的树荫里，就像小时候坐在厨房里，看你在灶前忙着，往鸡汤里放切细了的洋白菜丝。我放学回家，你总给我吃碗热汤。那棵树就好像我的姐妹一样，而那地方，就像是五原路六楼上的那间厨房。

你的后事也是清清白白的。

我的朋友告诫我不能哭，他说要是亲人难过，你的灵魂就走得不安稳，要是你难过，就会从天上掉下来。

其实我从来都坚信，这世界上只要有天堂，你就会进天堂。只要有西方极乐世界，你就去极乐世界。我告诉过你许多次了。

但是，我们一定都不哭，帮你平安地进入天国。

我还听说，人过了一百岁冥寿，就会投胎回到人间来。那么，不就是再过三年左右的时间，你又会回来。要是那时你变成一个小孩，或者像你外婆那样变成了一只鸟，你都要设法来告诉我一声。我想要带那个小孩出去玩，给他买最好的巧克力吃，或者喂那只鸟小米和清水，让它吃饱了，飞得高高的。我相信世上万物都是均衡的，下一世，你一定会得到宠爱和自由。

这样的将来不错，一切都准备好了，阿玉，你放心走吧。

我相信在你离开的那一刻，你的病床上会出现祥云，它会托起你，带你离开。那一路上，你会听到尖顶的教堂塔楼里回荡着响亮的钟声，高高的呼礼塔上传出悠远的诵经声，庙宇里清脆的木鱼声一路轻轻跟随你，有信仰的人都会护送你离开世界。还有你的亲人们，在家里为你点着薰衣草做成的香，白色的烟轻柔地护卫你，你一定不会孤单。

2010年9月22日我在德国汉堡写完这一节，因为当我离开中国时，无法对阿玉说完这么多话，这些对我和对她来说，都非常重要的话。我决定要写下来，并相信时时陷入昏迷的阿玉定能知晓。两天后，我在工作结束后打电话回家，才得知，在中国时间9月22日的清晨六点钟，阿玉在昏迷中安然无声地离世而去。那个中秋节的清晨，纠缠她身体已七星期之久的监护仪，显示出一条完全平坦的绿色横线。那一刻，正是北极的午夜，是绿色的北极光最明亮的时刻，是跟随北极光而去的好时辰。

2010年9月28日，我们在殡仪馆送别阿玉，各自在花篮的挽联上，写下自己对阿玉的告别辞。我的确相信阿玉已经到了天国，并在那里得到安息，再无痛苦。最后，我们将花篮里的鲜花摘下来，让它们环绕在阿玉的脸颊旁，粉红色的玫瑰和白色的百合花，使阿玉的遗容变得柔和纯净。快跑吧，阿玉，向北极光漫天飞舞的北方快跑。我们把太阳为她拍摄的照片放大了。阿玉隔着玻璃，天真地睁大着眼睛，望着我们。阿玉，你好好地享受天国的平安吧。

我们将阿玉的灵柩送上黑色的殡葬车，它缓缓地启动了，无声地行驶在长满竹子的窄路上。我们跟着它往前走，那个不知名的司机，见到我们几个仍跟着车子，便放慢了速度，让我们最后再跟阿玉走几分钟。那就像是最后说一声再见，像我小时候跟她去医院，像哥哥小时候被她送去幼儿园。今天是我们送走了阿玉。就像我们的童年时代一去不复返那样，阿玉这次也是一去不复返了。

下着大雨，夏天也要过去了。

阿玉的墓碑。

第五章

把左手插进奥由米的后背，摸索控制她头的机关时，我摸到了干燥的厚纸片：原来是它撑起了衣服里奥由米的肩膀和锁骨。我的手指感到久违的熟悉：干燥，因为皮包骨头了，皮肤完全松下来，在细布衣裳里摸上去，就是这样干燥，以及微微不平。原来我手上的皮肤还记得阿玉，原来你爱的人是不会从你的身体上消失的，当她已在世界上遍寻不得。

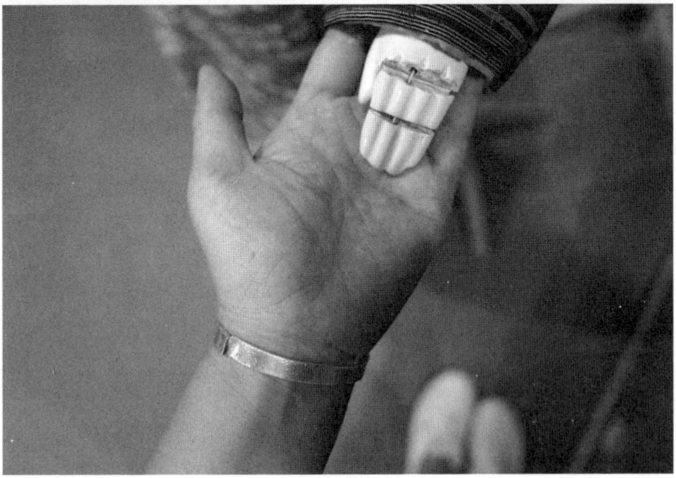

阿玉变成我家墓地里的一块石头。我去那里找她，就在她的照片四周，用颜色干净的花围一圈，然后上一支香。等香燃尽了，跟她告别："我有时间再来看你。"这样子过了许多年。

我有许多时间和机会旅行，学习我喜欢的东西。

在印度拉贾斯坦邦靠近阿富汗的沙漠里学习了莫卧儿细密画。跟细密画师父画了一个拿着拂尘的仙女，师父奖励给我一支细密画的上色笔，细小的刷子是用骆驼的眼睫毛做的。

在土耳其的孔亚，跟苏菲托钵僧师父学习了加肥皂水和橄榄油，有规律地晃动身体揉搓羊毡，制成苏菲旋转式祈祷用的白色高帽。有规律地晃动身体，本身就和旋转祈祷一样，也是苏菲托钵僧的一种修行方式。

在意大利的托斯卡纳，跟一个神经质的姑娘，用十一世纪的修道院管风琴，学了如何手脚并用地为一支简单的赞美诗伴奏。

在泉州，我的悬丝木偶师父教我如何用手指和臂上的力量，配合呼吸，让二十厘米高的木偶站起来。我的木偶茫然地站着，看师父的木偶翩然而至，手里捧着注满热水的茶壶，来敬一泡福建岩茶。

在日本四国乡下，看德岛的蓝染师父如何将蓝草发酵，制成蓝染。再去看蓝染师父如何把白布染蓝，染出花纹。再去学习德岛的传统木偶表演，它们身上正穿着蓝染布制成的衣服。木偶演出各种戏本，但德岛最流行的故事是十八世纪的《巡礼歌》，我学的正是这个故事。

然后，新冠肺炎疫情就让全世界停摆了。许多老人因此死去了。我常常因此为阿玉感到庆幸，她走得从容、周全，没吃疫情之苦。

2023 年盛夏，大疫似乎退潮了，我就抓紧时间去了四国，找着 2019 年教我的师父，接着学操纵木偶。

这里是四国真正的乡下，剑山山脉环抱的小村子。山林深处有个古老的天王殿，殿外有块空地，樱花开时，天王殿后侧的农村舞台就卸下木板，露出木偶戏的古戏台，村里的人形净琉璃剧团寄井座就上演一天传统木偶戏《巡礼歌》。我师父是寄井座的座长。

这是种流行在德岛地区的大木偶，要三个人一组才能操纵一个偶。

这个故事发生在江户时代的德岛，跟德岛的一户大商人家的悲欢离合相关。故事里有一家三口，十郎兵卫是爸爸，奥由米是妈妈，鹤是女儿。爸爸妈妈为了帮藩主找寻丢失的剑，把三岁的小女儿鹤留在德岛的家里，两人隐姓埋名到大阪玉造，混在通往奈良的大道旁边的街市里，打探宝剑的下落。这一家人一分开就是七年。鹤跟着四国拜佛的信徒一路翻山渡海来到大阪，靠着人们对朝圣者的布施找到森之宫，来到父母门前。分离七年，鹤不认识父母了，奥由米却认出了孩子，但她怕连累女儿，只给了女儿家中仅有的碎银子，劝女儿快些回家，没有相认。而十郎兵卫路上遇到鹤，也没认出她来，只想抢她手里的钱，争夺中，失手把女孩闷死了。

就是这么个悲剧故事，在德岛的小乡村里却演足了三百年。不光是在这个村子里演，德岛有几十个乡村剧团，在各自的天涯海角之所都演足了三百年。

十郎兵卫十八世纪的家现在成了个小博物馆，博物馆里有个小剧场，那几十个乡村剧团每天都轮流去那里演两场。

这么令人难过的故事，要在每个樱花开放的春天都温习一遍。

一代代的，人们就这么难忘。

师父说，能从中感受到一种怜悯的心情吧。

我 2019 年学习操纵的偶，是鹤。

她是单纯的小姑娘，穿着花衣裳，背着去西国三十三所拜观音的圆斗笠，斗笠面子上写着禅宗的偈语。我能理解小姑娘渴望母亲的照拂和爱，渴望家里有一碗亲切的、家常的羹汤等着自己。那是一碗炖了很久的骨头汤，因为她正在换牙齿，母亲希望她长出钙质充足的、结实的牙齿。“换好的牙要用一辈子啊。”母亲会说。鹤还向往母亲早晨能和其他小女孩的母亲一样，给自己扎小辫子。每个小女孩都有这样的向往。有母亲照拂是小女孩得以在生活里安身立命的荣誉。

回想起来，在小时候跟阿玉学唱《小白菜》时，我就知道母亲的重要性了。

今年我想操纵的却是奥由米。

奥由米在寄井座排练场古老的和式屋子里，被架在大木偶用的架子上。她的头垂到胸前，穿着蓝染布做的大襟衣裳，看上去那么不知所措，似乎不能相信会有这么大的悲剧落在自己头上。我忽然发现自己更能理解这种不知所措了。

奥由米有许多个掩面而泣的动作，跟中国古老戏曲里旦角表达悲泣的动作很相似，要将右手举到眼睛以下，用左手拢住宽大的袖子，垂下双眼，轻轻摇一摇头。当左手操纵双眼机关的手指勾起来，钩动眼球时，线绳会发出微微的嘶嘶声，木头眼珠也向下移动，奥由米的眼睛就关上了。那连通我的手指和奥由米眼睛的线绳，实际上是用跟着太平洋暖流被冲到岛外大海旋涡里的鲸鱼的须制成的。博物馆的佐藤馆长告诉我，鲸鱼的须很结实，又有线绳所不具备的弹性，所以用它操控人偶，眼睛开合时会更自然。

我一直在想，奥由米发现是丈夫杀了自己的孩子后，要如何活下去。2023 年，我带着从德岛借来的一尊古老的奥由米，按照一张故事地图，去找故事的发生地。这是她第一次离开装木偶的木箱前往大阪吧，奥由米浑身散发着箱子的木头香气，日子好像因此裂开了一道深长昏暗的口子。

故事因为地理的真实性，还有一直跟着我的奥由米，混淆了时空。

在寂静的酒店里，我很高兴能有自己的空间，一天中能独自待上一会儿。

楼下有一大片街道上画着斜斜的斑马线，从窗上望下去，好像木偶剧场里，木头背板上画出的波浪。

在平乐的江面上，我也见过这样一条条的波纹，一层层地从江面上推过去。那是一个用了许多许多年的石阶码头，大街上的女人都去那里洗衣服、洗菜。她们把衣物浸入水中，搅动了平静的水面。

那次我带太阳去，跟太阳说，阿玉小时候就在这里洗衣服。太阳伸手去试试阿玉记忆里冰凉刺骨的水，水波就是这样一条条地推开去的。

把左手插进奥由米的后背，摸索控制她头的机关时，我摸到了干燥的厚纸片，它撑起了奥由米的肩膀和锁骨。

我的手指感到久违的熟悉：干燥，火热，因为皮包骨头，皮肤完全松下来，在细布衣裳里摸上去，就是这样干燥，以及微微不平。

最后的日子里，阿玉的皮肤如此饥渴，几乎每时每刻她都轻轻要求“给我揉揉”。我就将手掌插进她的细布上衣，沿着她瘦得不可思议的后背向上伸，一直伸到她硬硬的脖颈处，然后一边揉，一边往下摩挲，直到她的尾骨。她就合上薄得像干枯花瓣一样的眼帘，轻轻呻吟一声，解脱了一样。

原来我手上的皮肤还记得阿玉。

阿玉已经离开许多年了，她还是会适时回来。

三百年前故事里的奥由米就成了阿玉。

阿玉离世后，我一直都在旅行，在印度的拉贾斯坦邦一座古城的黄昏中，我突然在一扇敞开的窗后看见了她的背影。我在她一百岁冥寿的那年，在台湾桃园的一座寺庙里，看到过她给我留下的安慰——那是烧完线香离开时，看到门楣上写着的“解脱”二字。按照中国人的传说，一个人过了一百岁冥寿，就会托生回到人间，开始新的一生。

在旅途里，奥由米日夜跟我在一起，白天我们一起在江户时代的大阪街市旧址上走来走去，早晨喝咖啡时她就坐在我身边，晚上她就躺在我旁边的床上。她身上天长日久留下的木头气味渐渐散去，有了白天烈日留下的气味，跟我头发里的气味一样。她的脸在暗夜里泛出清晰的白光，那是德岛木偶的特色。由于农村始终照明不足，所以德岛木偶的脸会上一层层的厚漆，一共要上十次以上，直到它变得像镜子一样光亮。只要有一点光线，它就能反光。

奥由米的脸总在我酒店房间的昏暗里泛出洁白的光亮，特别是在凌晨，有时会令我想起在北极极夜的空中曾经看到的极光，是微亮的，但谈不上明亮。记得我曾希望在天亮之前离开人世的阿玉能追上极光，传说中极光是引导离世的人走向光明的天堂的光。这么多年，离开了阿玉，我自己也早已长大，和奥由米一样为人妻、为人母，但还是会想起将我带大的，总穿老式大襟衣裳的，一辈子在厨房里操劳的阿玉。想起她来，还是感觉温暖而惆怅。

她和奥由米一样，都是一生照顾家人的老式妇女。

一个家庭妇女照顾孩子，会付出自己全部的爱，没有轻重之分，不计较多少，甚至不以获得回报为目的。她们不懂得为爱称分量，做最佳分配方案。这种毫无保留的爱，对我这样的职业妇女来说，也许是从未给予过他人的。职业妇女爱自己的职业、自我的实现，对孩子的爱经过衡量，也成为一种理性，只为自己认定的孩子的前途需要去付出。

要不是因为奥由米想起阿玉来，也许我都不会回望一下，然后发现自己的母亲对女儿的爱，和阿玉对我的爱，原来这么不同。母亲是职业妇女，我也是职业妇女，我对自己女儿的爱，也被职业蚕食了那些最细小的部分。比如女儿对随时可以占用母亲时间的确信，比如母亲每天早晨都会为她梳妆打扮，然后陪她去学校，以及每天下午女儿放学回家时，都不用带大门钥匙，敲敲大门，里面总有母亲应门，而且厨房里总有刚炖好的瘦肉汤喝。

我母亲还活着的时候，我不忍心告诉她，我视阿玉为自己的妈妈。如今回望，我才知道，从我出生到我五十岁那年，因为阿玉一日日的伴随，我才认识到“爱”是长什么样子的。

我想起莲生从前问我的话：有感情吗？

一个家庭妇女失去孩子，那种绝望，我其实也无法想象。我是职业作家，这是份永不退休的工作。作家这个职业令人惊叹的地方，就是无论在个人生活中遇到什么难以忍受的困苦，都可以将它当成是一种写作必要的体验，生活中经历的一切都可以被转化为创作的素材。像我这样的母亲、妻子和女儿，永不会切身地领受奥由米的绝望。我只是惊恐地想，她放火烧了鹤身下的榻榻米，跟丈夫趁乱逃亡之后，该怎么活下去呢？

奥由米用木头雕刻而成的脸上有种从未做过职业妇女

的人才会有的安静和本分，对家门外的世界和人生的好奇，对自己人生中经历过的苦难的隐忍和承受。回想起阿玉的脸，也有这样的神情。我二十五岁结婚，离开和阿玉共用的阳台屋，现在再一次和像阿玉那样的奥由米共用一室。自从那天深夜，我被阿玉在医院病危的电话惊醒后，便常常在那个时辰醒来，要安静地躺上好一会儿，才能再次睡着。

在四国的暗夜里，我也是深夜醒来的。

我在枕上望着奥由米，对她说:“你如今在哪里啊？”

我在旅行中时常抱着奥由米，越来越自然地跟她分享眼中的一切，比跟旅行中的同伴分享得更多。有时我也把自己的脸贴在她锁骨那里一小块柔软的衣领上，闻到她身上残留的木头气味，就像我一辈子都喜欢把脸贴在阿玉肩上那样。

我自然形成了和奥由米不断对话的习惯，也因此建立了和木偶一起旅行的独有经历。遥远异乡，和故乡时差巨大时，我能感受到另一世生活的模样。也许灵魂在另一个空间生活，就像旅行到另一个时区吧，特别是当去到那些只会去一次的地方，跟在另一世生活有什么不同呢？鹤背着的草帽上写着一对禅宗的古偈子：本来无东西，何处有南北。

最初，奥由米带领我去探寻她的故事发生的地理环境。我们一起惊奇地看到现在京桥附近四通八达的地铁站，玉造筋周围高耸的写字楼，故事里的吉田屋成了一块石碑。还有高楼里的民间美术馆，以及古老街市上的一家幼儿园。看见我们经过，幼儿园教室里的一个小姑娘笔直地站着，紧紧抿着嘴。我拉动左手食指上的钩弦，奥由米就对她眨眨眼，我明白她的欣喜。离开德岛时，鹤差不多就是三岁。我将太阳送去全托时，她也差不多是这个年龄。我从德国回上海，去幼儿园接太阳回家时，她也是这样笔直地站着，紧紧抿着嘴。

我跟你一样，女儿很小时就没有每天照顾她了。所以我才觉得自己能理解你并操纵你吧。日本木偶的操纵方式和其他地方的不同。其他地方，一个人操纵一个偶，偶和操纵者合二为一。但日本大木偶是三个人联合起来操纵一只偶。操纵者要更深地埋藏自己的个性，才能与他人共同表现出一只偶自己的个性。也许正是这个原因，才让我非常向往能独自和你一起。每次排练我都早到，就为了能单独跟你在一起。这时，排练场里没声音，你打开自己，我打开自己，我们才是属于彼此的。

哦，这是明治时代欧洲八音盒钟的声音，你那时应该没听到过吧。我也没想到京桥附近早晨会这样报时，这就是黑船来航带给关西的深远影响吧。好听吧，我也觉得好听。这是支很流行的欧洲小调，太阳小时候弹钢琴时也练习过这支曲子。获得阅历以后，我总能看到时代对人的极大制约，特别是对女人。女人在你的时代被局限在家庭中、厨房里，她们常常感到悲哀吧，我猜想。家庭一旦发生悲剧，她们也是第一个被遗弃的吧。阿玉的母亲暴毙后，父亲抛弃了家庭出门躲债，阿玉就必须担起重担。

女人能在社会上立足应该是好的吧，我觉得。我大概更依赖我的工作吧，在做自己喜欢的事，可以在感情上不那么依赖家庭。但有时我也想，是不是因此女人为自己本来柔软单纯的心穿上了一双厚靴子，来应付在社会泥沼里的跋涉，不会回到家里就脱下来了？这样的职业妇女训练好不好，真是难说啊。会不会因为独立了，就不再有爱的能力了，因为警惕着一切伤害？没有给予爱的能力，也就不会有接受爱的能力。现在我这么想。想到你能十七岁时便代行母职，亲手带大自己的小弟弟。四十岁起用双手带大莲生家的两代孩子，你是这样敢于给予爱啊，也是这样敢于在病痛中要求爱。这样的勇敢我母亲就没有，在我的记忆里，她从未拥抱过我。当她和阿玉一样挣扎在死床上时，也从未要求过我的抚摸。

有时候我想，我还是很幸运，能安排好自己想去的旅行，能独立。你一辈子都没有假期，天天都在厨房里忙，即使是春节，也因为你吃素，从不跟我们一桌吃饭。我记事以后，也没看到你离开家出去玩过一次，去看看另一个城市。你从未离开过厨房，从未换好出客衣服，到外面走走。我肯定不能忍受这样的一生，而你却从未抱怨过。现在你要好好在这里看看啊，我们要一起去咖啡馆。日本的咖啡很清淡，我不习惯。我想念墨西哥浓烈喷香的咖啡。当然，意大利也很好，马切拉塔这么小的古城，城门边的小店里，混豆咖啡也好极了。站在那里喝一杯意式浓缩，好像喝烈酒一样，一口而入。过十分钟，整个精神就会砰的一声挺立起来，整个世界也为之一亮。背囊就靠在脚边，背上它，世界就在面前。这种独自面对世界的欢喜是我这辈子遇到的最好的事。

这一定是你活着时就有的路边小庙。京桥下，旧街市入口，德田居酒屋正对着的地藏菩萨庙。现在天快暗下来了，人们下班回家路过这里，总有人停下脚来拜拜，烧上一炷香。我能感受到你的惊喜啊，就像我回到阿玉的故乡，在榕津古渡口看到一对古老的土地公公、土地婆婆一样。是不是你虽然不再信仰菩萨，却最终将爱当成了信仰？爱可以解决灵魂的安顿，却不能指引它永世的长路。看到天长地久在古渡口边上的地藏菩萨，心中也有种永恒的疑惑。

其实你不必做一世的家庭妇女。我们这就是在旅行啊，你不必跟着十郎兵卫，我能带你旅行。下次我们去美波町游泳，在优美的波浪里挣扎着浮水，一定很有意思。世界很大，世上有许多美好的地方，我想带你一起去。至少我们可以坐上电车，去美波町，再租一条船，一起出海去看千羽海崖。

你看到我坐下来，腿从短裙里露得多一点，就会提醒我拉好裙子吗？你就把手遮到我腿上吗？你和阿玉一样看不惯吗？其实现在大家都这样穿。卡其布的一字裙就是旅

奥由米故事里的地藏菩萨庙。

平乐河边大榕树下的土地公公和土地婆婆。

行装呀，还有我的连帽衫，它很薄很透气，就是夏天在户外穿的，防蚊子。我们这次住乡下啊，我跟小时候一样，还是很招蚊子。我到夏天还是和从前一样喜欢晒太阳，要是你现在穿跟我一样的短衫短裙，穿球鞋，大步走，游泳，为自己旅行能拿行李而倒立练臂力，深蹲练腿力，你也会习惯露出腿，会喜欢烈日晒得腿上发烫的、自由自在的感觉。你一直不露身体，一定很热吧。要是我像你这样穿，应该会透不过气来吧。

没想到德田居酒屋里有那么重的油炸天妇罗气味，吃完晚餐，我头发里都是味道。你应该不想去吧，你衣服上的木箱子味道差不多散尽了，现在有股太阳的味道了。你就像一个活着的人。

这是电梯呀，江户时代还没有这种设施，我们这就到家了，我们的房间在十一楼。

远远地，透过窗户就能看到马戏剧场的大圆顶，经过它，再走一公里，就到森之宫了。二丁目就是你家在的地方。你一定不能再回到烧化了鹤的地方去，我明白。我自己去看看。这个地方，即使对一块被雕刻成人形的木头来说，也太过悲伤了。我能体谅。想到你发现鹤被闷死了，我的心也疼得缩成一团。我想着，要是我的太阳遇到这样的事，我今后怕也是生不如死了。你的悲剧让我总是想起莎士比亚笔下的李尔王、麦克白夫人，还有哈姆雷特的妈妈。这样的悲剧不论什么时候，在什么地方想起来，听者的心都会惊骇地缩起来啊。

二丁目现在是个有好几栋高楼的社区，大楼上有一排排蜂窝般密集的狭窄阳台，看上去是蓝领住的社区。从前的老式木屋街区都没了，但土地上的局促动荡还在原地。也许故事里的那场大火是真实的？现在那地方有个很大的消防取水处，阴郁的水房和发电机房，都是用来防火灾的。社区服务中心外面是一片沙地，沙地上有个浅浅的水池，是给小孩子玩水的。还有一组公用滑滑梯，用水泥做的。我突然想起鹤在故事里说的话了，她想要在母亲身边生活，有了母亲，就有人给她穿衣服，有人给她梳小辫子，有人陪她出去玩。这都是小孩子天性里最基本的需求。我相信现在这个故事也许没多少居民知道了，但这个儿童乐园就像是故事的象征。如果鹤真的活了下来，还住在这里，你可以带她来这个儿童乐园玩的吧。在我看来，这并不是一个普通的儿童滑梯，而是对鹤的纪念。也许只有你会有这种感受，只有我能帮你体会这寂静之中五雷轰顶的震动。阿玉唱了一辈子的《小白菜》，怀念她的妈妈。

我能感受到你对鹤的爱，你让我想起阿玉对我的爱。也许家庭妇女缺少职业妇女的许多能力，这样的局限却反衬出她们爱的能力。在接受爱和给予爱的时候，因为谦卑和依赖，你没什么障碍。不知道是不是你给我的爱，护佑了我一辈子，让我能有爱的能力，因此也能获得爱。

你这一生要是曾经有过热烈的爱情，有人热烈地爱过你，同时你也热烈地爱过这个人，并且这种爱发生在同一时空里，所以你在付诸爱的时候也获得了爱，如果这样，大概就不会让我今天如此的为你惋惜了。你的丈夫到底爱你吗？经过了鹤的悲剧，你还能爱他吗？如果不能了，接下去的人生如何静默地度过啊？是这件事让我特别的惋惜和怜悯吗？我到底是不是一个爱情至上主义者？如果没有爱情，我会觉得这是人生中很大的一个缺陷，这种想法到底对不对呢？

下一生，你一定要去很多地方旅行。因为你能付出自己的所有去爱，所以你也真正拥有爱惜你的人。你一直一直都能做自己喜欢的，取悦自己的事。然后我发现，这个愿望原来早就在我心里，原来我一直信仰着这几句话。

当我把跟奥由米细碎的闲谈写下来时才发现，原来我好像是在跟木偶说话，又好像是在跟我去世多年的阿玉说话。

阿玉，让我们天涯海角总是相逢吧。

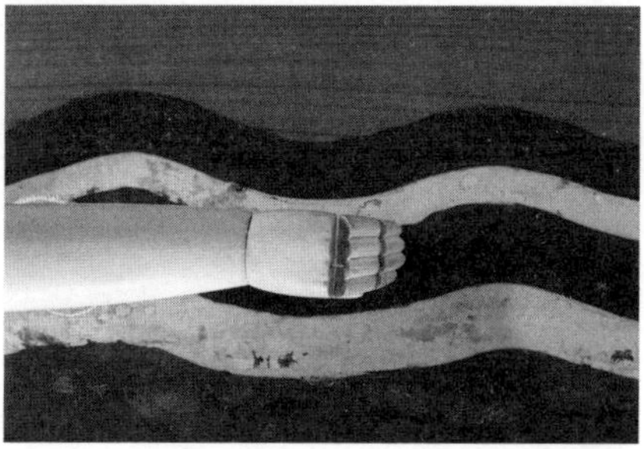

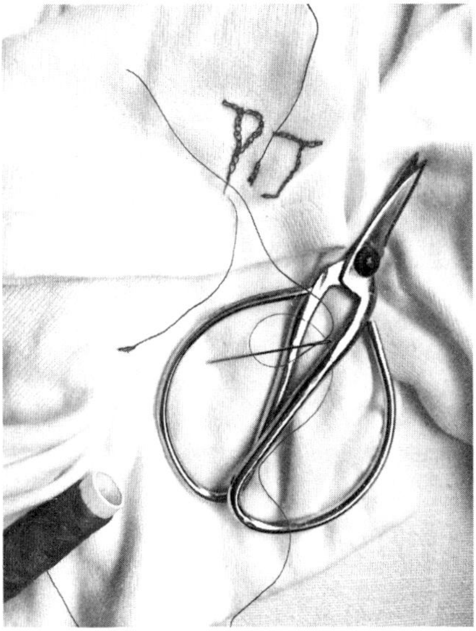

阿玉过世十四年后，我准备出版《阿玉》。

太阳建议我自己绣书名，就像从前给太阳准备住校时的衣物做过的那样。当初太阳住校时，阿玉还活着，她帮我在要带去学校的衣物上绣了太阳的名字，以区别其他同学的。

这次，我在一件棉毛衫的衣袖上绣了阿玉的名字。

这么多年过去，我已不记得如何下手了。穿上针，拿起剪刀剪断棉线，才发现针线包里的这把小剪子还是阿玉当年用过的。左手的手指从里面撑起棉布，右手的手指下针，挑出针头，食指凭着记忆卷起线来，在针头上绕一下，然后轻轻地拉起线，一针完成。这才想起阿玉说过，不要拉得太紧，不然"小辫子"太硬，不跟衣服了。

用阿玉教的针法绣了她的名字，作为书名正好够用。

（全书完）

陈丹燕

作家，纪录片导演。

1997 年，她的小说《九生》获联合国教科文组织宽恕文学金奖。

2018 年，她的旅行文学作品《捕梦之乡》获单向街书店文学奖。

2023 年，她的电影《萨瓦流淌的方向》获华语纪录电影大会特别推荐导演奖。同年，她获得塞尔维亚总统金质勋章。

阿玉

作者 _ 陈丹燕

产品经理 _ 刘树东　装帧设计 _ 黎稷欣　产品总监 _ 黄杨健
技术编辑 _ 顾逸飞　责任印制 _ 刘淼　出品人 _ 王誉

物料设计 _ 朱大锤

鸣谢（排名不分先后）

陈太阳　熊悦妍　丁文君

果麦
www.guomai.cn

以 微 小 的 力 量 推 动 文 明

图书在版编目（CIP）数据

阿玉 / 陈丹燕著． -- 济南 ： 山东文艺出版社，
2024.4
ISBN 978-7-5329-7146-6

Ⅰ． ①阿… Ⅱ． ①陈… Ⅲ． ①纪实文学－中国－当代
Ⅳ． ① I25

中国国家版本馆 CIP 数据核字（2024）第 059870 号

责任编辑：贺小凡
装帧设计：黎稷欣

阿玉
A YU
陈丹燕　著

主管单位	山东出版传媒股份有限公司
出版发行	山东文艺出版社
社　　址	山东省济南市英雄山路 189 号
邮　　编	250002
网　　址	www.sdwypress.com
读者服务	0531-82098776（总编室） 0531-82098775（市场营销部）
电子邮箱	sdwy@sdpress.com.cn
印　　刷	北京盛通印刷股份有限公司
开　　本	787mm×1092mm　1/32
印　　张	6
印　　数	1 ～ 13,000
字　　数	135 千
版　　次	2024 年 4 月第 1 版
印　　次	2024 年 4 月第 1 次印刷
书　　号	ISBN 978-7-5329-7146-6
定　　价	58.00 元